Shackleton. Expedición a la Antártida

Editorial Bambú es un sello
de Editorial Casals, S. A.

© 2011, Lluís Prats
© 2011, Editorial Casals, S. A.
Tel.: 902 107 007
editorialbambu.com
bambulector.com

Diseño de la colección: Miquel Puig
Ilustración de la cubierta: Pere Ginard

Créditos fotográficos: Aci, Aisa, Corbis-Cordon Press, Getty Images, Royal
Geographical Society, Top Foto-Cordon Press

Segunda edición: febrero de 2015
ISBN: 978-84-8343-154-2
Depósito legal: M-26.802-2011
Printed in Spain
Impreso en Anzos, S.L., Fuenlabrada (Madrid)

**SHACKLETON
Expedición
a la Antártida**

Lluís Prats

**bam
bú**

EDITORIAL

*By Endurance We Conquer**
('Si resistimos, vencemos')

* Lema del escudo de la familia Shackleton

1. Una reunión en la Royal Geographical Society

Unas hermosas volutas de humo se elevaban desde los tejados de un soberbio edificio situado en Kensington Street y se confundían con el cielo plomizo de Londres. Era una casa señorial, construida en ladrillo rojo con altas chimeneas estilo reina Ana. Estaba situada frente a la impresionante cúpula del teatro Albert Hall que, a esa hora vespertina, brillaba como una cubertería de plata. El cercano parque de Hyde Park rebosaba de vida y las aguas doradas de sus estanques contrastaban con su bien cuidado césped. Las berlinas y los carromatos rodaban sobre los adoquines y llenaban las calles con su bullicio.

En la puerta de esta lujosa residencia se podía leer en letras de oro: Royal Geographical Society,[1] y a través del

1. La Royal Geographical Society es una institución británica fundada en 1830 con

vaho que empañaba sus ventanas podía entreverse uno de sus salones alfombrados. En su interior, un grupo de hombres discutía acaloradamente mientras fumaba cigarros habanos.

Algunos estaban de pie junto a la biblioteca forrada con grandes atlas y libros de viajes encuadernados en cuero, mientras otros permanecían sentados en mullidos sillones o en delicadas sillas isabelinas. Casi todos sorbían unas pequeñas copitas de oporto que los camareros habían servido minutos antes. Los ánimos estaban caldeados y, a través de las paredes, podían oírse algunas palabras gruesas, lo que era un tanto inusual, dado que la totalidad de los caballeros pertenecía a las familias más adineradas y aristocráticas de Inglaterra.

Los miembros de la Royal Geographical Society llevaban toda la tarde analizando el plan de uno de sus miembros, Ernest Shackleton, que había empezado a reunir fondos con vistas a una atrevida expedición a la Antártida.

En ese preciso momento, todos los presentes tenían la mirada clavada en dos hombres que discutían con

---

el nombre de Geographical Society of London para el desarrollo de la ciencia geográfica, bajo el patronazgo de Guillermo IV de Inglaterra. Absorbió a la Association for Promoting the Discovery of the Interior Parts of Africa –también conocida como la African Association; fue fundada por sir Joseph Banks en 1788–, a la Raleigh Club y a la Palestine Association, integrada en 1834. La reina Victoria le concedió el título de «real» en 1859. Desde mediados del siglo XIX hasta el final de la Primera Guerra Mundial, las expediciones patrocinadas por la Royal Geographical Society fueron portada de diarios, y las opiniones de sus presidentes y miembros eran ávidamente buscadas por periodistas e informadores.

vehemencia. Uno de ellos, de rizadas patillas y enormes mostachos pelirrojos, gritaba a su oponente irguiéndose en el sillón:

—¡Y yo le digo que eso no es posible!

Su adversario era un joven de largos cabellos ondulados, sentado frente a él. Se llamaba lord Cravan y parecía divertirse llevando la contraria a sir Francis Dickinson, un hombre conservador y miembro de la cámara de los lores.

—¡Pues yo le repito que sí! —se defendía el joven Cravan.

—¿Cómo pretende cruzar a pie los más de tres mil kilómetros del continente helado? —le interrogó lord Dickinson apasionado—. ¿No se da cuenta? ¡Es una locura!

—Pues de la misma forma en que Amundsen llegó al Polo —afirmó el joven—: con trineos tirados por perros, si he entendido bien la explicación de sir Ernest.

Hay que decir que esa tarde, en el orden del día del Comité de expediciones y trabajos de campo, figuraba la propuesta de sufragar y dar apoyo científico a la expedición al Polo Sur hecha por Ernest Shackleton. Dickinson, vicepresidente de ese comité, estaba a punto de estallar:

—La sociedad —dijo mientras trataba de calmarse— ha financiado a lo largo de su historia exploraciones serias como las de Charles Darwin, la de Scott o la del mismo Shackleton hace unos cuantos años. Pero esto que pretende organizar ahora no es una expedición... Esto es... ¡es un suicidio!

Muchas de las plateadas cabezas de los asistentes asintieron, mientras de sus bocas ascendía hacia el techo el humo azulado de los puros habanos.

–¡Me parece una idea demasiado osada! –concluyó el vicepresidente del comité, colorado como una ciruela.

–¡Temeraria! –dijo otro de los presentes mientras levantaba su copa de oporto hacia las lámparas de cristal que colgaban del techo–. ¿Cómo pretenden resistir tres meses con temperaturas rayanas a los treinta grados bajo cero?

Sentado en el centro del grupo de caballeros, con las piernas cruzadas y fumando tranquilamente en pipa, como si nada de lo que allí se decía fuera con él, estaba sir Ernest Shackleton. Era miembro de la sociedad desde hacía años y había sido nombrado caballero por el rey Jorge V de Inglaterra a su regreso de la expedición a la Antártida en 1907 a la que había aludido Dickinson. Su prestigio, al regresar vivo tras pasar toda clase de penalidades, se vio acrecentado. Por ello había escrito un libro, había dictado cientos de conferencias en varios países europeos e incluso había sido invitado a dar charlas en Estados Unidos. Sir Ernest escuchaba a los socios desde cierta distancia y con aparente tranquilidad, pues no era hombre que perdiera fácilmente los estribos.

Detrás de una mesa de caoba, junto al secretario y a otro caballero de anchos bigotes rizados, estaba el presidente de la sociedad, que ese año de 1914 era el mayor Leonard

Darwin, hijo del famoso científico[2] que tanta gloria había proporcionado a Gran Bretaña cincuenta años antes. Era un anciano amable y conciliador que pidió silencio a los presentes para que Shackleton tuviera oportunidad de exponer las razones de su viaje.

–Caballeros, les ruego por tercera vez que guarden silencio y escuchen lo que Shackleton tenga que decir.

Las voces se acallaron y la sólida figura del explorador se levantó de su silla. Lentamente, como si ese gesto apaciguara los ánimos exaltados, se alisó su descuidado traje gris y se guardó la pipa en un bolsillo. Era un hombre de cuarenta años, su cabello era espeso y abundante, peinado con raya en mitad de su gran cabeza. Tenía las espaldas anchas y fuertes, a juego con su mandíbula, que parecía tallada en piedra. Sus ojos eran de color gris azulado y podían mirar con simpatía o perforar a alguien como si fueran un taladro, lo que hacía estremecer a más de uno. Su voz era grave y sus manos pequeñas, pero de una fuerza endiablada.

Su figura, aunque firme y rotunda, era bastante distinta de la del resto de los asistentes a la reunión. Todos los miembros del Comité de expediciones y trabajos de campo iban trajeados con *tweed* y lucían vistosas corbatas de

2. Charles Darwin (1809-1882) fue un naturalista inglés que postuló que todas las especies de seres vivos han evolucionado con el tiempo a partir de un antepasado común, mediante un proceso de selección natural. La evolución fue aceptada como un hecho por la comunidad científica en vida de Darwin, mientras que su teoría de la evolución no se consideró como la explicación primaria del proceso evolutivo hasta 1930. Durante muchos años viajó por los mares del sur para recoger muestras y probar sus teorías.

13

nudos prietos que sobresalían orgullosas entre los cuellos almidonados. Shackleton miró a los presentes con la franca sonrisa que nunca lo abandonaba y se dirigió a ellos con una mano en el bolsillo mientras acariciaba su reloj de oro:

–Desde el punto de vista sentimental –dijo para defender su idea–, este es el viaje más grande que se puede hacer al Polo Sur. Será mejor que la ida y vuelta del Polo magnético y creo que es misión del pueblo británico lograrlo, ya que hemos sido derrotados en la conquista de los dos polos. Nadie hasta ahora se ha atrevido a cruzar la Antártida y es posible hacerlo.

Un murmullo recorrió de nuevo la sala ante tan gran osadía, próxima a la temeridad. El testarudo irlandés, en cuyos ojos parecían flotar dos icebergs en mitad de las negras aguas, se empeñaba en salirse con la suya.

–Es un hombre muy seguro de sus convicciones –comentó uno de los miembros a su vecino de butaca.

–No lo sabe usted bien –le respondió este.

–Mi idea –prosiguió Shackleton– figura en el expediente que el comité ya ha leído. Es sencilla, no hay por qué complicarse la vida: consiste en viajar en barco hasta el mar de Weddell. Allí desembarcará un equipo de setenta perros y seis hombres con el material necesario para realizar la travesía. Otro barco nos esperará tres meses más tarde al otro lado del continente, en el mar de Ross. Realizaremos el recorrido del mismo modo en que lo hizo Amundsen.

Al fondo de la sala, William Stuart, un hombre barrigudo y ceniciento que aún no había intervenido en la discusión, negó con la cabeza al oírlo. Era conocido entre los presentes porque tenía una gran influencia en la cámara de los lores y porque era el mayor escollo de Shackleton para sufragar la expedición. Lord Stuart se levantó, se aclaró la voz y esgrimió razones de peso para que la propuesta no se aprobase.

–Mi colega Churchill,[3] como mayor del Almirantazgo, y yo mismo –dijo pomposamente–, somos contrarios a la idea de una nueva expedición. Ambos somos del parecer de que ya hemos perdido demasiadas vidas en el Polo Sur con estas aventuras. Si me permiten y, sin ánimo de ofender a nadie, pensamos que es algo estéril.

Algunas voces de protesta se elevaron por encima de la de Stuart y este levantó una mano.

–Sin embargo –prosiguió en tono conciliador–, secundaremos lo que la sociedad decida, por supuesto.

–¿Estamos ante otra locura como la de Scott? ¿Hemos de ver morir a más ingleses en los polos? –preguntó amargamente el mayor Clarence, uno de los miembros más veteranos y conservadores del comité.

–Lo que dice el mayor es cierto –murmuró otro de los

3. Winston Churchill (1874-1965) fue un militar, estadista, historiador y escritor británico, y primer ministro de Gran Bretaña en dos ocasiones. Su función en el bando aliado en la Segunda Guerra Mundial fue muy importante. Recibió el Premio Nobel de Literatura en 1953.

presentes a su compañero de sillón–; ya hemos perdido demasiadas vidas en la Antártida.

Al oír el nombre de Scott, todos los presentes recordaron que, tras la conquista del Polo Norte en 1909 por el americano Robert E. Peary,[4] solo había quedado pendiente un reto igual de apasionante: la difícil conquista del Polo Sur. Por ello, la Royal Geographical Society había sufragado y organizado la desastrosa expedición de Scott. Ciertamente, William Stuart, como tantos otros miembros del comité, tenía muy grabada en la memoria la trágica muerte del marino y de sus compañeros Oates, Wilson Evans y Bowers en la Antártida.

La suerte de Scott y sus compañeros había entristecido y humillado a Gran Bretaña, porque, además, el país había perdido la carrera de ser el primero en llegar al Polo Sur. El noruego Roald Amundsen le había arrebatado la gloria a Scott, quien, al llegar al Polo, se encontró con la bandera noruega. Su competidor había llegado un mes antes, en diciembre de 1911. Cuando Scott y su equipo regresaban derrotados al barco, sobrevino la terrible desgracia: se quedaron sin víveres en mitad de una horrible tormenta y perecieron de frío y locura dentro de su tienda.[5]

4. Peary alegó que llegó al Polo Norte en abril de 1909, aunque hoy en día se pone en duda que lo consiguiera. En el libro *Al límite de nuestras vidas* (en esta colección) se narra esta aventura.

5. Los diarios de Robert Falcon Scott se publicaron al año siguiente de la expedición, retocados por James Barrie, autor de *Peter Pan*. Así lo escribía Scott desde la tienda donde pasa-

En la sala de juntas se hizo un silencio incómodo. Los miembros de la sociedad recordaron con pena que un 12 de noviembre, tres años atrás, Atkinson, jefe de la patrulla de búsqueda, había hallado la tienda de Scott enterrada en la nieve. Al abrirla, vieron horrorizados a los tres hombres momificados por el frío en sus sacos de dormir. En el lado izquierdo estaba Wilson con las manos cruzadas sobre su maletín y en el derecho, Bowers. Parecía que ambos habían muerto plácidamente, como en un sueño. Sin embargo, Scott tenía la mitad del cuerpo fuera de su saco, alargando un brazo hacia Wilson. Estaba congelado y con la piel amarilla.

Atkinson les había narrado tres años antes en esa misma sala cómo ofició una breve ceremonia funeraria, dobló la tienda sobre los cuerpos, la cubrió de montones de nieve y colocó dos esquís encima del improvisado túmulo. En ese lugar, llamado Colina de la Observación, quedaron los héroes, hasta que un día la rotura de la barrera de hielo los hizo flotar, encontrando el descanso final en algún lugar del mar. Luego Atkinson continuó con su patrulla siguiendo los pasos de Oates, que había salido de la tienda para dar a los otros más oportunidades de sobrevivir, dado

ron sus últimos días, cuando se les acabaron los víveres e intentaban llegar al campamento en que habían dejado más repuestos: «Cada día hemos permanecido a la espera para salir hacia el depósito, a solo dieciséis kilómetros. Pero fuera de la tienda siempre nos espera un vendaval de nieve. Creo que ya no podemos esperar que las cosas mejoren. Nos mantendremos hasta el final, pero estamos cada vez más débiles, por supuesto, y ya no debe de faltar mucho para el fin. Es una lástima, creo que no podré seguir escribiendo. R. Scott».

su mal estado de salud al final de la expedición. Encontraron su saco de dormir, pero ni rastro de él.

Este desastre había golpeado por partida doble a Inglaterra, porque la patrulla de rescate halló junto a los cadáveres los sentidos diarios y las cartas que Scott había escrito a sus amigos y a su esposa antes de morir congelado. Toda la población había podido leer de primera mano el estrepitoso fracaso de la aventura.[6]

Las preguntas que habían quitado el sueño a quienes habían leído los diarios planeaban de nuevo en esa sala al discutirse otra atrevida expedición: ¿qué era lo que había empujado a esos hombres a morir en un desierto de hielo con temperaturas inferiores a cincuenta grados bajo cero? ¿El deseo de fama? ¿La sed de aventuras? ¿Solo un reto? ¿O es que habían sido incapaces de resistir la tentación de la gloria?

En la mente de todos flotaba, como un iceberg en mitad del mar, la incertidumbre. Sabían que un viaje como el que proponía el irlandés Shackleton podía ser un gran

6. Scott escribió cientos de cartas a la familia y a los amigos durante los días que permanecieron en la tienda a causa del horrible temporal. Este es el fragmento de una de las cartas que dirigió a su esposa: «Querida, no es fácil escribir por el frío, setenta grados bajo cero y nada más que nuestra tienda de campaña. Nuestra muerte es inevitable. Lo peor de esta situación es que no te volveré a ver, hay que afrontar lo inevitable. Cuando el hombre adecuado llegue para ayudarte en la vida, deberías volver a ser feliz; [...] espero ser para ti un buen recuerdo. [...] Afuera, delante de la puerta de la tienda, todo el paisaje es una terrible ventisca; resistiremos hasta el final, la muerte ya no puede estar demasiado lejos: es una lástima, pero no creo poder seguir escribiendo. Por el amor de Dios, cuidad de nuestras familias».

éxito o un gran fracaso, y la Royal Society no estaba dispuesta a sufrir dos reveses seguidos.

–Además –le susurró Stuart a otro miembro del comité–, no es un hombre de la Royal Navy. Es un aventurero que procede de la Marina mercante, en la que empezó como grumete.

–Sí, Stuart –le respondió este, a quien la determinación de Shackleton despertaba simpatías–, lo sé. Pero este hombre ya ha dado pruebas de que es capaz de ir y regresar vivo de la Antártida. Recuerde que en 1901 acompañó a Scott en la primera expedición, pero tuvo que regresar víctima del escorbuto.

–Exacto, exacto –terció a su lado otro caballero, colorado a causa del oporto, atusándose los bigotes–. Aunque algunas malas lenguas dicen que Scott lo envió de vuelta a casa porque tenía celos de la admiración que despertaba en sus hombres. Shackleton es un líder, escuche lo que le digo.

Muchos de los presentes conocían al irlandés que seguía en pie en mitad de la sala. Sabían que era un hombre con dotes de mando. Ciertamente, había pasado por todos los escalafones de la marinería hasta que obtuvo el título de capitán. Eso era un punto a su favor si tenía que liderar durante un par de años una expedición de una treintena de hombres de todas las condiciones.

–No lo sé –añadió un dandi, dándoselas de hombre importante–. A mí todo esto me parece una bravuconada.

—Mire, joven –le susurró uno de los miembros más veteranos de la sociedad–. Este irlandés tiene un olfato infalible para juzgar a los hombres. Solo con verlos sabe si le ocasionarán problemas o si puede fiarse de ellos. No sé lo que hace, pero los hombres lo siguen como perros fieles, saben que no les fallará.

—¡Ah! –exclamó otro lord alzando su puro por encima de la cabeza–. Si estas piernas me sostuvieran durante un par de horas, le diría a mi Alice que me preparara el equipaje y que no me esperara a la hora del té, al menos, durante un par de años.

Como los componentes de la sociedad habían empezado a discutir de nuevo entre ellos sobre la oportunidad del viaje, el presidente se vio obligado a agitar la campanilla para reclamar silencio. Poco a poco, los ilustres miembros bajaron sus voces para escuchar lo que les tenía que decir.

—Les recuerdo, caballeros –dijo el presidente Darwin sin elevar el tono de su voz–, que no estamos hablando aquí de un explorador novel. Como todos ustedes saben, sir Ernest organizó su propia expedición hace pocos años y hubiera conseguido su objetivo si no hubiera agotado los víveres. Ya saben que se quedó solamente a ciento ochenta kilómetros de su meta. Si no hubiera primado la seguridad de sus hombres sobre el triunfo, estoy seguro de que habría sido el primero en pisar el Polo y ahora mismo no estaríamos teniendo esta discusión.

Muchas cabezas asintieron al oír estas sabias palabras.

–Y por eso lo consideramos un héroe –dijo uno de los de la primera fila– y fue nombrado caballero por el rey, pero no creo que sea acertado arriesgar vidas británicas en esta aventura, ¡que vayan los yanquis!

–¡Eso, eso! –gritó otro de los presentes, envalentonado por la tercera copita de oporto–. ¡Que vayan ellos y que se les hielen a ellos sus estupendos traseros americanos!

Algunos prorrumpieron en risotadas y otros entrechocaron sus copas con el que había tenido la feliz ocurrencia.

–¡Por favor, señores! –intentó poner orden el secretario del comité–. ¡Señores! ¡Un poco de silencio!

La sesión siguió por estos derroteros hasta que el reloj del salón marcó las siete en punto. Entonces, el presidente Darwin pidió que se votara a mano alzada. El resultado de la apretada votación fue favorable a financiar la expedición, por un voto únicamente. En la resolución se aprobó aportar la simbólica cantidad de cinco mil libras para contribuir a los gastos.

Shackleton se alegró, aunque intentó no dar grandes muestras de satisfacción, porque sabía que a un sector del comité no le había gustado perder la votación. Pero, gracias a esa resolución favorable, la proa de su expedición estaba ya rumbo a la Antártida. Esa noche acababa de partir el primer bloque de hielo en los salones de la Royal Geographical Society.

Varios caballeros se levantaron de sus asientos para felicitarle y estrechar su mano o para darle unas palmaditas en la espalda. Él atendió a unos y a otros, y escuchó consejos para llegar a la Antártida de algunos más. Eran componentes del comité que habían viajado mucho a través de los mapas, confortablemente sentados en mullidos sillones, pero que no se habían alejado de Londres más que para ir a sus residencias en la campiña o a las carreras de Ascot cada primavera.

Bastantes miembros de la Royal Geographical Society salieron de la sede escandalizados. Expresaron su malestar mientras subían a sus carruajes y dijeron que nadie se apuntaría a esa aventura, porque estaba abocada al fracaso. Sin embargo, otros –como el propio presidente Darwin– sabían que, si las cosas no salían del todo bien, al menos la expedición contaría con un líder capaz de transformar una derrota en una victoria.[7]

Shackleton recogió su abrigo y su sombrero en la guardarropía y allí coincidió con William Stuart, quien le tendió la mano en franca camaradería.

–Bien, sir Ernest –dijo–, parece que ha ganado la partida y que va a salirse con la suya. Solo me atrevería a pedirle algo...

–Usted dirá, sir William.

7. Alguien escribió sobre Shackleton: «Para un líder científico, dadme a Scott; para un viaje eficiente, a Amundsen; pero cuando hay una situación sin esperanza, cuando parece que no hay salida, arrodillaos y rogad para que venga Shackleton».

El hombre lo miró fijamente y dijo:

–Ocurra lo que ocurra –sonrió–, haga que nos sintamos orgullosos de usted.

Los icebergs que flotaban en los ojos de Shackleton brillaron por debajo de sus pobladas cejas negras como si un rayo de sol los hubiera alumbrado.

–Delo por hecho –respondió mientras se calaba el sombrero sobre su bien peinada cabeza.

Luego salió de la mansión y se alejó entre la bruma, bajo las cetrinas luces de los edificios de Kensington Street, en dirección a la redacción del periódico *The Times*. Tenía que hacer una rápida gestión antes de regresar a su residencia en Burlington Street, en la ribera del Támesis.

El oficial que lo atendió en el periódico media hora más tarde, se quedó absorto mirando el papel que le tendía el desconocido.

–¿Quiere publicar esto? –se extrañó–. ¿Se trata de una broma?

–No, joven –le respondió Shackleton muy serio–. No se trata de una broma.

Al ver la mirada del marino, el joven empleado del periódico le prometió que su anuncio se publicaría sin falta en la edición de la mañana del rotativo londinense.

2. Burlington Street, 4

Al día siguiente, sir Ernest se levantó, como solía, a las seis de la mañana y fue directamente hacia la puerta de la casa. La abrió, vio que la calle estaba aún oscura y que los pocos carromatos que la cruzaban eran los que llevaban hortalizas y carne al mercado de Covent Garden. Luego aspiró profundamente para que el aire frío le helara los pulmones, se agachó, recogió el periódico y dos cartas que reposaban en la alfombrilla, y regresó al salón principal canturreando una vieja balada irlandesa. Allí vio, plantado junto a la puerta, al somnoliento criado con librea que llevaba el desayuno en una bandejita de plata.

–¿Le sirvo el té, señor? –preguntó el mayordomo.

–Gracias, James. Déjelo encima de la mesa. Ya le dije que estas ceremonias de gran señor no son para mí. Ya me serviré yo mismo.

–Como desee el señor.

Shackleton se arregló su propio desayuno y leyó con satisfacción las dos cartas que le habían llegado esa misma mañana. Eran de sus colegas Frank Wild y Thomas Crean; en ellas le decían que estarían encantados de formar parte de la nueva expedición. Luego desplegó el *The Times,* lo abrió por las páginas de anuncios laborales, y comprobó satisfecho que habían insertado su anuncio.

Como él, esa mañana, los lectores más observadores del *The Times* se encontraron en las páginas de demandas laborales con el pequeño y curioso anuncio que había incluido la noche anterior:

SE BUSCAN HOMBRES PARA VIAJE PELIGROSO.
FRÍO PENETRANTE. LARGOS MESES DE COMPLETA
OSCURIDAD.
CONSTANTE PELIGRO. REGRESO DUDOSO.
HONOR Y RECONOCIMIENTO EN CASO DE ÉXITO.

Las gentes de Londres que lo leyeron, incluidos algunos miembros de la Royal Geographical Society, creyeron que alguien que vivía en Burlington Street, cerca del río Támesis, se había vuelto majareta. En muchas residencias de Londres no se habló de otra cosa esa fría mañana de noviembre.

–Mira lo que ha publicado un loco en el periódico –dijo un anciano lord a su mujer mientras sorbía su taza de té.

–Ya no saben qué inventar para ser originales –le respondió esta, untando su tostadita con mantequilla.

–Sin duda –añadió el hombre, doblando el periódico–, si este anuncio no es una broma pesada, esta aventura está abocada al fracaso más estrepitoso. ¡Bah! Ningún loco se apuntará a pasar frío y hambre sin saber si regresará a casa.

–Tú, seguro que no, mi tigrecito... –dijo la anciana cubriéndole las rodillas con una manta–. Tú, seguro que no.

Pero no fue así, porque ese mismo día y los siguientes, a la puerta del número 4 de Burlington Street, se agolparon docenas de voluntarios que querían iniciar esa aventura. Su habitante, sir Ernest Shackleton, recibió, a lo largo de las semanas posteriores a la inserción del anuncio en el periódico, unas cinco mil peticiones. Su secretario incluso contabilizó, entre las cartas, las de tres chicas que le habían escrito para formar parte de la expedición.

Shackleton entrevistó a muchos de los que hacían cola ante la puerta de su casa y escribió a otros de los hombres que ya lo habían acompañado en sus expediciones anteriores y que tenían experiencia en este tipo de desafíos. Dos de ellos habían respondido a vuelta de correo: uno era Frank Wild,[8] que había estado con él en el Polo unos

8. John Robert Francis «Frank» Wild fue un explorador británico de la Antártida. En 1889, con dieciséis años, ingresó en la Marina mercante, y en 1900 pasó a la Royal Navy. Su función fue muy significativa en algunas de las expediciones antárticas más importantes. Iba a bordo del *Discovery* cuando este partió rumbó al sur en 1901, que iniciaba así un período de veinte años de exploración. En 1901 se enroló como voluntario en la British National Antarctic Expedition liderada por Scott, en la que estuvo

años antes; el otro era el irlandés Tom Crean. Este era un marinero fiel y obediente que había servido en la Marina muchos años. Había acompañado a Scott a la Antártida dos veces e incluso había formado parte de la desastrosa expedición en la que el inglés murió congelado. Otros veteranos elegidos fueron Thomas McLeod[9] y el artista George Marston.[10]

Shackleton prosiguió con la extensa ronda de entrevistas. Todas eran muy cortas porque se fiaba de sus primeras impresiones con las personas. Entre los elegidos estaban Leonard Hussey, al que contrató como meteorólogo porque

----

vinculado a los equipos de trineos. En la Expedición Nimrod, que lideró Shackleton entre 1907 y 1909, fue elegido como uno de los hombres que deberían recorrer los ciento sesenta kilómetros que los separaban del Polo Sur. Sin embargo, la seguridad de los hombres prevaleció sobre el objetivo de alcanzar el Polo, así que los expedicionarios optaron por darse la vuelta antes de arriesgarse. Entre 1911 y 1913, Wild participó en la Australian Antarctic Expedition, dirigida por Douglas Mawson, como experto en trineos. Shackleton lo escogió de nuevo para formar parte de la Expedición Imperial Transantártica, en la que fue el segundo al mando. En homenaje a Wild, numerosos accidentes geográficos situados en la Antártida o en sus proximidades llevan su nombre: punta o cabo Wild, en la isla Elefante; las montañas Wild, en el Territorio de la reina Alejandra; las cataratas heladas Wild, en el glaciar Beardmore; o el monte Wild, en la costa este de la península de Trinidad.

9. Thomas McLeod fue uno de los expedicionarios de más edad que participó en la aventura. Navegaba desde los catorce años y llevaba veintisiete años en el mar. Estuvo en el Antártico con Scott a bordo del *Terra Nova*. Obtuvo dos medallas polares por participar en las dos misiones, la de Scott y la de Shackleton.

10. George E. Marston había formado parte de la Expedición Nimrod, que incluía el ascenso al monte Erebus. Se había graduado en el Regent Street Polytechnic Art School en Londres y fue persuadido por dos de las hermanas de Shackleton, con las que tenía amistad. Ilustró con sus dibujos varios libros de Shackleton.

le pareció un tipo divertido, y el médico Alexander Macklin,[11] que le agradó por la seriedad con que encajaba las bromas:

–¿Por qué usa gafas, señor? –le había preguntado sir Ernest Shackleton.

–Muchas veces, una cara inteligente parece boba si no lleva gafas.

–Bien dicho –le respondió Shackleton con una sonora carcajada.

Cuando el físico Reginald James[12] entró en la sala donde tenían lugar las entrevistas, Shackleton le pidió que se sentara. Entonces, se quedó observando su alto tupé y la montura metálica de sus gafas, preguntándose qué podía llevar a ese hombre a desear participar en la aventura. Tras un momento de silencio, Shackleton le preguntó si sabía cantar y el científico le miró con cara de sorpresa, porque no comprendía a qué venía la pregunta.

–No me refiero a cantar como un cantante de ópera como Caruso[13] –le dijo Shackleton con una sonrisa burlona–,

11. Fue uno de los dos médicos de la expedición. Además, lideró un equipo de perros.

12. Como otros expedicionarios, Reginald James fue enrolado por casualidad. Un colega suyo que trabajaba en un laboratorio le preguntó si estaría interesado en participar en la expedición, a lo que este le respondió que no. Sin embargo, su nombre llegó a oídos de un catedrático de Cambridge, sir Arthur Shipley, a quien Shackleton le había preguntado por científicos prestigiosos. La entrevista entre James y Shackleton duró cinco minutos. Además de si sabía cantar, Shackleton le preguntó si tenía buenos dientes y si sufría de varices.

13. El italiano Enrico Caruso (1873-1921) fue uno de los tenores más famosos del mundo en la historia de la ópera. También fue el cantante más popular durante los veinte primeros años del siglo xx, así como uno de los pioneros de la música grabada.

pero supongo que podrá berrear con los muchachos mientras se toma un *brandy,* ¿no?

El hombre empezó a cantar una picante canción de cabaré para demostrarle que sabía hacerlo, y el irlandés se rió con grandes carcajadas mientras le decía:

—¡Quedas contratado! No sabía yo que los físicos cantaran esas canciones tan subiditas de tono. Pensaba que se pasaban todo el día con las narices metidas en el microscopio o en el telescopio.

—¿Tan importante es saber cantar? —se extrañó el científico, que parecía un ratoncito de biblioteca.

—Mira —respondió Shackleton con el semblante serio—. Si he de pasar dos años con un grupo de hombres en una zona inhóspita, metido en un barco las veinticuatro horas del día, prefiero contar con gente divertida y que sepa lo que es vivir la camaradería entre iguales. Nada de estirados petimetres que no sean capaces de remangarse la camisa hasta los codos para baldear una cubierta, si es necesario.

* * *

Pocos días después de la publicación del anuncio en el *The Times,* sir Ernest ya había confeccionado parte del equipo, pero le faltaba el capitán del barco, un rompehielos que pensaba comprar a los astilleros noruegos. «Debe ser alguien con experiencia en la navegación en aguas heladas –confió por carta a su segundo Frank Wild–, cuyo pulso no titubee al embestir los hielos, y que sepa sortear los icebergs[14] más peligrosos».

Shackleton necesitaba a alguien con un dominio de las cartas náuticas fuera de lo común; en definitiva, un lobo de mar. El elegido por el destino para ocupar ese cargo fue Frank Worsley. Este capitán neozelandés de la Marina mercante había llegado a Londres unas semanas antes, tras una larga travesía. Una noche dormía en la habitación de su hotel cuando soñó con Burlington Street. El sueño lo perturbó bastante; a la mañana siguiente se levantó, y se puso su abrigo y su gorra de marino para ir al lugar con el que había soñado.

Al llegar, en una de las puertas vio colgado un cartel que anunciaba: Expedición Transantártica, y una hilera de hombres que aguardaban para ser entrevistados. Se puso a la cola y esperó su turno. Media hora más tarde le hicieron pasar a un salón de la casa y se encontró frente a Shackleton, que iba en mangas de camisa y estaba rodeado de cartas de navegación y diarios de anteriores expediciones.

14. Un iceberg o témpano de hielo es un gran trozo de hielo dulce flotante que se ha desprendido de un glaciar formado por nieve o de una plataforma de hielo. Los icebergs son arrastrados hacia latitudes más bajas, a veces ayudados por las frías corrientes marinas. De un iceberg sobresale del agua solo una octava parte de su volumen total, por lo que estas masas gélidas constituyen un peligro para la navegación, ya que pueden alcanzar enormes dimensiones. El hielo es menos denso que el agua, por eso flota y por eso no se puede formar hielo a una cierta profundidad.

—Buenos días —dijo el marino quitándose la gorra y quedándose tímidamente junto a la puerta del salón.

—Pase, hombre, pase.. No me lo comeré. Soy Ernest Shackleton, ¿con quién tengo el gusto de hablar?

—Soy Frank Worsley, capitán de la Marina mercante.

—¿Y qué puedo hacer por ti?

—Pues no se lo creerá señor, pero...

—Llámame Ernest a secas, amigo —le interrumpió Shackleton—; no nos andemos con ceremonias.

—Bien. Pues, como te decía, atraqué hace una semana en Plymouth y llegué hace dos días a Londres. La pasada noche soñé con esta calle y esta mañana he llegado para ver por qué aparecía en mis sueños. He visto, admirado, el cartel que tienes en la puerta, en el que se lee que estás enrolando tripulación para una expedición a los hielos.

—Pues sí que es casualidad —dijo Shackleton invitándole a sentarse—. ¿Y tienes alguna experiencia en navegar por los hielos, capitán Worsley?

—Diría que sí, señ... Ernest —se corrigió.

Sir Ernest enseguida vio que Worsley era un hombre de trato fácil, agradable y divertido. Nada más presentarse y explicarle que había navegado por el estrecho de Drake y por el Polo en balleneros y transportes de hulla entre Canadá y Estados Unidos, y que había dado la vuelta al mundo navegando varias veces, le respondió:

—Entonces, si estás dispuesto a pasar dos años en alta mar o anclado en los hielos en el Antártico, estás contratado.

–Pero, ¿esta expedición...?

–¿Quieres decir si vamos adelante o es solo una tentativa? –respondió con una sonrisa–. Nunca hago las cosas a medias, Worsley.

–Entonces –dijo el marino–, creo que ya tienes a tu capitán, porque yo tampoco dejo nunca nada sin terminar.

Shackleton sonrió satisfecho y enseguida se sentaron a la mesa, sobre la que desplegó un mapa de la zona que debían atravesar hasta llegar al continente helado. Estaba lleno de banderitas de colores y de anotaciones a lápiz.

–Mi idea –le explicó a Worsley– es cruzar los hielos del mar de Weddell, atracar en este punto, desembarcar a los perros y el material, y recorrer los tres mil kilómetros hasta que el otro barco nos recoja en el otro extremo, en el mar de Ross. Sencillo, ¿no?

Worsley se quedó mirándolo como si viera al rey de Inglaterra vestido de bailarina y paseando bajo un paraguas rosa por Hyde Park en hora punta. Lo que Shackleton le señalaba en el mapa era el mar de Weddell, una extensión de agua llena de icebergs que quedaba al sur de las Orcadas y que terminaba en una temible barrera de hielo, tan helada durante la mayor parte del año que era imposible de atravesar. Se trataba de una enorme mancha blanca que equivalía al doble de la superficie de Europa. Worsley tragó saliva, pero no se atrevió a decir nada.

–Tu único cometido –le indicó sir Ernest– será dejarnos en el continente y regresar a Inglaterra. A lo sumo y, si todo va según el plan previsto, será medio año de travesía.

–¿Cómo piensas atravesar el Antártico? ¿Con ponis, como hizo Scott?

–¡Ni pensarlo! –le respondió Shackleton–. Ese fue su gran error. Los caballos no estaban preparados para ese recorrido. La mayoría murió antes de completar la mitad del trayecto. En cambio, Amundsen fue más listo y recurrió a un trineo tirado por perros muy bien adiestrados hasta que llegó al Polo. Nosotros haremos lo mismo. He comprado setenta perros canadienses, duros y resistentes como el acero.

–Perdona que te interrumpa y, quizá no sea de mi incumbencia, pero... ¿Qué te lleva al Polo?

Shackleton se incorporó en su silla y sus ojos brillaron de un modo especial.

–Supongo –le respondió– que ser el mayor de diez hermanos y proceder de una pequeña aldea irlandesa cerca de Athy hizo nacer en mí algunas dotes de mando. ¿Sabes lo que es encargarse a diario de los hermanos menores? ¿No? Lo imaginaba. Desde jovencito lideré las aventuras de todos ellos, ¡y cree que no era fácil con esa tropa! Porque el día que Samuel no se metía en una charca, había que rescatar a Sean, que se había subido a un árbol para coger un nido de lechuzas, o a Ian, que estuvo a punto de ahogarse en el mar.

El capitán Worsley lo miró sonriente imaginando lo que habría sido la vida del joven Shackleton en su Irlanda natal, seguido de nueve chiquillos dispuestos a correr toda clase de aventuras.

–Mira, Worsley –prosiguió Shackleton–. Quizá sea un soñador, pero creo que el hombre ha de ser capaz de dominar la naturaleza, y el único reto que le queda al ser humano es atravesar la Antártida. Supongo que después de dos expediciones fracasadas en mi haber, mi alma necesita llegar al Polo, hacer algo inmortal.

El capitán neozelandés lo miró con cierta suspicacia, pero Shackleton lo tranquilizó:

–Pero no temas, no soy ni un visionario ni un loco. Emprenderemos esta aventura si las circunstancias y el clima son favorables. Jamás arriesgaré tu vida ni la de la tripulación; eso está por encima de las conquistas personales. Pase lo que pase, esta expedición será una victoria.

Worsley se quedó mirando el anillo que brillaba en el dedo corazón de Shackleton y le preguntó:

–¿Y qué opina tu mujer de tan largas ausencias?

–Mi mujer cree que...

Antes de que pudiera responderle, unos golpes en la puerta interrumpieron la conversación. Era el mayordomo, que entraba con una bandejita de plata en la mano.

–Sir Ernest –dijo–, con su permiso. El correo acaba de traer esta carta.

Los ojos de Shackleton se iluminaron al abrir un sobre con el matasellos de Escocia. Luego, su rostro esbozó una ancha sonrisa y golpeó a Worsley en el hombro.

–¡Hurra! –exclamó mientras tendía la carta al capitán, que la leyó de corrido.

Dundee, 14 de junio de 1914

Apreciado sir Ernest Shackleton:
La nota que me envió sobre su expedición para cruzar la Antártida de mar a mar me ha parecido tan interesante que tengo el placer de enviarle un cheque de veinticuatro mil libras sin condiciones, con la confianza de que otros puedan contribuir con más donativos para esta expedición imperial.

Suyo,
James Caird[15]

Worsley silbó entre dientes al leer la cantidad de dinero que iban a recibir como donativo y devolvió la carta a Shackleton.

–¿Veinticuatro mil libras? –preguntó asombrado–. Quién es este tal Caird?

---

15. Sir James Key Caird era un rico industrial escocés, fabricante de yute, que daba empleo a casi toda la población de la localidad de Dundee. Sir Ernest Shackleton le escribió pidiéndole una donación de cincuenta libras. Caird le prometió diez mil, pero acabó enviándole veinticuatro mil.

–Un filántropo escocés que nos apoya. Es un prohombre de Dundee que tiene una fábrica de yute a las afueras de su ciudad.

–¡Pues vaya con el filántropo! ¡Preséntame a varios de estos y me comprometo a organizar una expedición a la Luna!

–Esto hay que celebrarlo, capitán –dijo Shackleton–. Te invito a una pinta de cerveza en el *pub*.

No tuvo que decirlo dos veces, porque el pelirrojo Frank Worsley ya se estaba poniendo de nuevo el abrigo y la gorra con una ancha sonrisa en la boca.

* * *

Esa tarde y los días siguientes, Shackleton y Worsley intimaron más y más. Ambos tenían un mismo sentido práctico de las expediciones y el jefe de la aventura enseguida puso al marino al corriente de los planes diseñados.

–Se necesitan dos barcos para llevar a cabo el proyecto; uno que transporte a la Expedición Transantártica al mar de Weddell, y otro que nos espere en el mar de Ross para el regreso. Ya hemos comprado en Nueva Zelanda el buque *Aurora*, que ha estado dos veces en el Antártico. Este barco nos esperará al otro lado del mar de Ross. Tu cometido –le dijo Shackleton a Worsley mirándolo fijamente– será capitanear la otra nave, que vamos a comprar al ballenero Christensen.

–¿El magnate noruego?

Shackleton afirmó con la cabeza y dijo exultante:

–Exacto. Tiene un barco que es perfecto para esta misión; está construido con las mejores maderas de los bosques escandinavos. Pesa trescientas cincuenta toneladas, está bien aparejado y, además, dispone de calderas de triple expansión que le proporcionarán velocidades superiores a diez nudos.

–Eso no está nada mal –comentó Worsley, que se veía al mando de ese imponente buque rompehielos.

Las semanas siguientes prosiguieron sin descanso con las visitas para la contratación de científicos y marineros. Worsley asistió a ellas en calidad de capitán de la nave.

–Para una expedición de estas características –le había dicho Shackleton al iniciar la ronda de entrevistas–, no solo necesitamos brazos fuertes o espaldas anchas. Sobre todo, precisamos encontrar a personas que sepan convivir con los demás durante meses en un espacio reducido sin que afloren rencillas: tenemos que formar algo parecido a una gran familia.

A los que ya componían la expedición se les sumaron Lionel Greenstreet como primer oficial, un hábil carpintero llamado McNish, Thomas H. Orde-Lees como mecánico de motores, el biólogo Robert S. Clark, otro médico y, así, hasta formar el resto de la tripulación de veintisiete expedicionarios que tenía previsto zarpar desde Plymouth antes del verano.

Para las fotografías, Shackleton había escrito a un reconocido fotógrafo australiano llamado Frank Hurley quien, a vuelta de correo, se había mostrado entusiasmado y había prometido reunirse con ellos en Buenos Aires, donde el *Endurance*[16] tenía previsto hacer escala antes de adentrarse en aguas del Antártico.

Los preparativos continuaron a lo largo de toda la primavera, de modo que a finales de julio el barco estaba listo y cargado en los muelles de las Indias orientales del puerto de Plymouth. Los marineros y el resto de científicos habían llegado al puerto a inicios de junio. Debían dejarlo todo listo para el día en que zarpasen.

Shackleton y Worsley llegaron con el tren de Londres a mediados de julio, cuando toda la tripulación estaba ya preparada en el puerto. En el muelle vieron que el *Endurance*

16. El *Endurance* ('resistencia') es el buque rompehielos construido en 1912 en el astillero de Framnæs (Noruega), diseñado por Ole Aanderud Larsen. Medía 144 pies de eslora (43 m), 25 pies de manga (7 m) y pesaba 356 toneladas. Su quilla estaba formada por cuatro piezas de roble macizo, una encima de otra, que le conferían un grosor de más de dos metros, mientras que sus lados medían más de medio metro, el doble de lo normal. Se construyó con tablas de roble y abeto enfundados en palo santo, una madera notablemente dura y resistente. De sus tres mástiles, el delantero era de aparejo redondo y velas cuadras, mientras que los dos siguientes llevaban un primer plano y velas de popa, como una goleta. Llevaba montado un motor de vapor de 350 CV capaz de impulsar la nave a una velocidad de 10,2 nudos (19 km/h). Dado que se diseñó para navegar en zonas de placas de hielo relativamente sueltas, no fue construido para tener que soportar altas presiones. Ernest Shackleton lo compró por 11.600 libras, por debajo del precio de coste. Se sabe que, a pesar de las pérdidas económicas, sus propietarios se alegraron de que el barco fuese a llevar a cabo los planes de alguien de la talla de Shackleton. Este rebautizó el barco, mandó quitar el nombre de *Polaris* y escribir *Endurance* en la quilla, por su lema familiar *By Endurance, We Conquer* ('Si resistimos, vencemos').

presentaba un aspecto magnífico. Sus tres mástiles subían rectos al cielo como tres gruesos abedules. La cubierta estaba ocupada por las jaulas para los perros, los depósitos de gasolina para los trineos a motor que ya se habían embarcado y toneladas de carbón, así como velas, trineos, cuerdas, tiendas de campaña y ropa de abrigo. La proa del barco estaba rematada por un sencillo mascarón dorado. Se mirara por donde se mirara, parecía un bergantín como los demás. Sin embargo, los que entendían de barcos sabían que las maderas de las que estaba hecho solo se encontraban en los mejores bosques de Noruega.

–Son tan duras –dijo un marinero del puerto de Plymouth a un grumete que, admirado, observaba el barco– que solo pudieron tallarse con herramientas especiales.

Además, su armazón era resistente como el hierro y su interior estaba reforzado con vigas de medio metro para aguantar la presión de los hielos. Las paredes del casco eran también muy gruesas y estaban fabricadas con la misma madera que el resto de la embarcación. No pocos marinos se detenían en sus paseos por el muelle para admirar el precioso buque.

–Si el rey de Inglaterra hubiera escogido un velero para dar la vuelta al mundo, sin duda hubiera sido este –había dicho satisfecho el carpintero McNish[17] al subir a bordo.

17. Harry McNish, más conocido por su apodo, *Chippy*, fue el carpintero de la expedición y responsable de la mayor parte del trabajo que se realizó para asegurar la supervivencia de la tripulación tras el hundimiento del *Endurance*. Al finalizar

Cuando el jefe de la expedición y el capitán de la nave se bajaron del carruaje, dos marinos se acercaron a ellos con los brazos abiertos. Uno era Frank Wild, un hombre de cabello rubio, perilla recién cortada, ojos claros y sonrisa franca. El otro era Tom Crean, un tipo muy duro, de rostro vulgar y mirada avispada. Crean era sobradamente conocido entre la marinería porque había participado en la fallida expedición de Scott. Shackleton llegó frente a él y se fundieron en un abrazo.

—¡Has engordado, irlandés! —le dijo.

—He hecho acopio de víveres, jefe, por si no nos alimentas adecuadamente —sonrió Crean.

—Eso sí que no, Thomas; pasar hambre, jamás. El tabaco de pipa y un buen filete de ternera nunca han de faltar en mis expediciones —le respondió dándole unas palmadas en la barriga.

Luego el jefe —así le llamarían los hombres durante toda la expedición— saludó a todos y a cada uno de ellos. Se interesó por la mujer de uno o por los hijos de otro, y enseguida quiso subir al barco para revisar las provisiones y los materiales almacenados en la bodega.

—No hay tiempo que perder, muchachos —dijo—. ¡El Polo Sur nos llama!

Durante los días siguientes se reunió varias veces con

la expedición, volvió a la Marina mercante y después emigró a Nueva Zelanda, donde trabajó en los muelles de Wellington hasta que su salud se lo impidió. Murió en la miseria en la *Ohiro Benevolent Home* de Wellington, a los cincuenta y seis años.

ellos para ponerlos al día de sus planes. También se reunió a solas con cada uno para decirles qué esperaba de ellos durante la travesía.

El 4 de agosto llegó al barco la bandera inglesa, la Unión Jack, enviada por Su Majestad el rey Jorge. Ese mismo día, Shackleton estaba en el puente de mando del *Endurance* con Worsley repasando la ruta que el barco seguiría hasta Buenos Aires, cuando James Wordie, el jefe de la plana mayor científica, entró en el camarote con un periódico en las manos. Era un hombre bajito, con una calva incipiente, ojos penetrantes y sonreía permanentemente. Él no lo sabía, pero Shackleton le había enrolado precisamente por esa sonrisa, que nunca abandonaba su rostro. Contra todo pronóstico, en esos momentos, la cara de Wordie era todo un poema.

–Creo que tiene que ver esto, jefe –dijo resignado, entregándole el periódico.

En la portada del *The Times* se anunciaba con grandes letras mayúsculas:

INGLATERRA DECLARA LA GUERRA A ALEMANIA[18]

18. La Primera Guerra Mundial tuvo lugar entre 1914 y 1918 y ocasionó más de diez millones de muertes. Alrededor de sesenta millones de soldados europeos fueron movilizados desde 1914 hasta 1918. Antes de la Segunda Guerra Mundial, esta guerra solía llamarse la Gran Guerra o la Guerra de Guerras. Comenzó como un enfrentamiento entre Austria-Hungría y Serbia. Rusia se unió al conflicto, pues se consideraba protectora de los países eslavos y deseaba socavar la posición de Austria-Hungría en los Balcanes. Tras la declaración de guerra a Rusia, el 1 de agosto de 1914, el conflicto se transformó en un enfrentamiento militar a escala europea.

–¡Cielo santo! –exclamó Shackleton, que casi no podía creerlo–. Esto puede dar al traste con todo.

El grupo se arremolinó alrededor del periódico y, después de leer la terrible noticia, Worsley preguntó:

–¿No podemos zarpar ya? Nada nos lo impide.

–No, Worsley –dijo Shackleton devolviendo el periódico a Wordie–. No podemos zarpar. Soy un expedicionario y estoy más ansioso que tú por comenzar la aventura, pero también soy un patriota y creo que en estos momentos nuestro deber es poner todo a disposición de la patria. Otra resolución sería de cobardes.

Shackleton pasó esa noche en vela, pensando sobre la determinación que debía tomar. El *Endurance* estaba listo para zarpar pero, a la vez, empezaba una guerra que, según todos los indicios, iba a ser de proporciones desmesuradas e involucraría a todos los países europeos.

A la mañana siguiente, sabía lo que debía hacer. Reunió a toda la tripulación en la cámara principal del barco y expuso cómo veía él las cosas. Minutos después de la reunión y, tras recabar la opinión de todos los hombres, por unanimidad se resolvió enviar un telegrama al Almirantazgo. En él se ofrecía la nave, sus provisiones y, en particular, a los hombres de la expedición para el esfuerzo bélico que acababa de empezar.

Pocas horas después, se recibieron sendos cables, uno del Almirantazgo y otro del propio Winston Churchill. Este último agradecía su disposición, pero deseaba que la expedición continuara adelante según lo previsto. El telegrama del Almirantazgo era más escueto; solo se leía: «Procedan».

Así pues, el bergantín *Endurance* zarpó de Plymouth el 8 de agosto de 1914. Shackleton y Wild se quedarían unos cuantos días más en Inglaterra para ultimar preparativos y se incorporarían más tarde, en Buenos Aires, donde llegarían a bordo de un barco más rápido.

La multitud se agolpó en el muelle para ver partir a los valientes que salían rumbo a la Antártida. Algunos llevaban pancartas para desearles suerte. En muchas manos ondeaban banderitas inglesas y en boca de todos se oían palabras como «valientes», «suerte» o «intrépidos aventureros». Los reporteros hicieron fotos, los familiares agitaron sus pañuelos y se vitorearon los nombres de Shackleton y de otros miembros de la tripulación. La grave sirena del *Endurance* se despidió de todos ellos y el buque puso rumbo al Atlántico. En dos meses estaba previsto que atracara en el puerto de Buenos Aires.

3. De Buenos Aires a Georgia del Sur

La travesía hasta Argentina transcurrió con tranquilidad y Frank Worsley, el capitán neozelandés de cuarenta y dos años, intentó mantener cierta autoridad, algo, por otro lado, que no era nada fácil, pues tenía bajo su mando provisional a unos hombres con los que no había tratado nunca y a los que no pagaba por su trabajo.

Shackleton le había aconsejado que no se preocupara si la disciplina se relajaba un poco; lo único que debía procurar era que el *Endurance* llegara a Buenos Aires en la fecha prevista. Sin embargo, al llegar a la capital argentina, la disciplina de la tripulación estaba algo más que alterada. Por suerte, la llegada de Shackleton, que había tomado un barco más rápido, puso las cosas en su sitio. La primera noche que pasó en el *Endurance*, el cocinero llegó al barco de madrugada y el jefe le vio subir a bordo borracho.

–Un poco de dignidad, señor –le dijo Shackleton cuando le tuvo en cubierta tambaleándose frente a él–. No está usted en un *pub* del East End.

El hombre intentó farfullar algo incoherente sobre la madre del capitán y fue despedido por sir Ernest al instante. Shackleton tenía muy claro que, si quería gobernar a un equipo de casi treinta hombres durante muchos meses, debían respetarlo tanto a él como a la misión para la que se les había contratado. Este hecho sirvió de aviso al resto de los hombres que, desde ese momento, supieron qué se esperaba de ellos.

Una de las mañanas que estaban atracados en Puerto Madero, en Buenos Aires, McNish vio que una gata parda remoloneaba en cubierta. Al carpintero le gustó ver cómo el animal lo miraba desafiante. Supuso que había subido la noche anterior por la pasarela y creyó que no estaría de más tener algo de compañía femenina a bordo y que el animal se hiciera cargo de las ratas de la bodega. Así que la tomó en sus brazos y fue a ver a Shackleton.

–Solicito permiso para tenerla a bordo –dijo.

–Permiso concedido, pero ojo con los perros –le respondió el jefe.

Así, la gata, que desde entonces sería conocida como *señora Chippy*, fue la tripulante número veintisiete aunque no la última en embarcar, porque, al cabo de dos días, Shackleton contrató a un marinero llamado William Bakewell, que había perdido su barco cerca de Montevideo. Con él llegó un chico joven, de dieciocho años, Perce Blackborow. Shackleton entrevistó a los dos recién llegados y accedió en contratar a Bakewell para la expedición porque parecía bregado en la navegación por esos mares imposibles. En cambio, el chico solo fue admitido como ayudante del nuevo cocinero durante la estancia en la capital argentina.

Uno de esos días, cuando faltaban muy pocos para zarpar hacia el sur, Shackleton revisaba la lista de material con Wild y Worsley. Estaban contando las tiendas y los sacos cuando les distrajeron unos gritos procedentes del muelle. Un hombre, cargado con una abultada mochila y varias cámaras fotográficas al hombro, gritaba a un grupo de estibadores con un extraño acento inglés:

–¡Cuidado con eso, cuidado con eso! ¡Así no, brutos! ¡Es un material muy delicado! Así, así; mucho mejor. ¡Cuidado con esa caja! ¡Cuidado, he dicho! ¡No sean brutos, por el amor de Dios!

El recién llegado comprobó que los estibadores depositaban con cuidado sus trípodes y unas grandes cajas metálicas sobre la red para izarlas a bordo y luego levantó la vista hacia el velero. Se quitó la gorra y saludó a la marinería, que estaba apostada en la amurada de estribor mirando lo que sucedía en el muelle.

–¡Ah del barco! –gritó–. ¿Está en este buque un tal Shackleton? ¡Soy Hurley, el fotógrafo!

McNish, que estaba tensando unos cables y reparando una de las poleas, gritó hacia los del puente de mando:

–¡Jefe, ha llegado el australiano!

–¡Bienvenido a bordo! –le saludó Shackleton, que salió del puente de mando seguido de Worsley y Wild.

Frank Hurley, el fotógrafo, había llegado desde Australia cargado con su material fotográfico y dispuesto a plasmar con sus cámaras lo mejor de la expedición. En cuanto subió al *Endurance* fue a saludar efusivamente a sir Ernest, a quien aún no conocía. Luego se instaló en el compartimento que se le asignó y que compartiría con el dibujante George Marston. Esa misma tarde ya tomó algunas fotografías del barco atracado en el muelle, y alabó su fábrica y la solidez de sus maderas:

–No hay quien pueda con esto –dijo, orgulloso de formar parte del grupo de hombres elegidos para la peligrosa expedición.

Un día especialmente ajetreado fue el de la llegada de los setenta perros desde Canadá. Eran peludos, grandes y estaban tan nerviosos tras un viaje tan largo, que se tardó toda la mañana en embarcarlos. Los hombres que se encargarían de ellos hicieron que ocuparan su lugar en las perreras de cubierta y los calmaron con algunos trozos de carne y de grasa. Shackleton jugó con ellos repartiéndoles galletas para que se entretuvieran y no armaran alboroto. Estos fueron los últimos tripulantes que embarcaron en el velero y todo quedó listo para hacerse a la mar.

* * *

La mañana del 26 de octubre, una vez completado el aprovisionamiento de carbón, agua y comida, el *Endurance* zarpó hacia las islas de Georgia del Sur con los veintisiete integrantes, los setenta perros, tres cerdos que gruñían en la bodega y la *señora Chippy* holgazaneando en cubierta, cerca de la cocina, desde la que, de vez en cuando, salía un trozo de pescado. A la gata le encantaba pasearse libremente por cubierta para dar envidia a los perros enjaulados, que ladraban como locos al verla desfilar tentadoramente ante sus hocicos.

La única escala, antes de adentrarse en las aguas heladas del Polo, iba a ser una posición subantártica habitada por una comunidad de balleneros: Grytviken. Sin embargo, un pequeño contratiempo vino a importunar a sir Ernest durante esa primera noche de travesía. El recién contratado Bakewell era un tipo un poco tramposo y se había aliado con otros dos para ocultar a su compañero Blackborow en el camarote cuando el barco zarpó de la capital argentina.

El muchacho no había sido contratado para la travesía, pero Bakewell no quería dejarlo en Buenos Aires. Una de las primeras noches, durante la rutinaria ronda nocturna, el chico fue descubierto por Wild, que inspeccionaba los camarotes. Ya se encontraban en alta mar y era impensable dar la vuelta, así que el segundo en el mando fue de inmediato a dar parte al jefe de la expedición.

–¿Un polizón a bordo? –se extrañó Shackleton cuando Wild le notificó el hallazgo–. ¡Tráemelo!

Frank Wild fue a buscar a los tres compinchados y se presentó con ellos ante el camarote del jefe. Antes de entrar, les dijo:

–A mi modo de ver, solo caben dos alternativas: o lo lanzamos por la borda o el jefe se apiada de él.

Los tres entraron en el camarote, se quitaron las gorras, compungidos, y esperaron. El jefe estaba de pie ojeando el mar por uno de los ojos de buey. Vieron que estaba muy enfadado y se encogieron.

–Me habéis decepcionado enormemente –les dijo, clavando en ellos sus ojos fríos–. Sinceramente, no esperaba esta conducta. Esto es una traición a la misión. ¿Pretendéis que ahora confíe en vosotros y ponga la vida del resto de la tripulación en vuestras manos?

Los tres culpables callaron y él prosiguió:

–Además, el chico no es útil para ningún servicio. ¡Estoy tentado de echarlo por la borda y a vosotros detrás de él!

El polizón Blackborow y los demás tragaron saliva. Ya se veían con el chico en alta mar, nadando entre las olas o entre las fauces de una ballena o de algo peor. Luego Shackleton se encaró con el muchacho al que no había mirado hasta ese momento.

–Para que te quede claro, Blackborow –le dijo a un palmo de su cara–: si nos quedamos sin comida y hemos de hacer filetes de alguien, tú serás el primero. ¿Entendido?

El chico palideció al oírle decir eso. Sin embargo, el resto empezó a reír nerviosamente. Desde ese momento, el chico fue tratado como uno más de la expedición.

–Y ya está bien de perder el tiempo –concluyó Shackleton–. Wild, ocúpate de que se encargue de hacer algo útil.

El segundo dio un pescozón al muchacho y los cuatro salieron del camarote del jefe. A la mañana siguiente, el chico fregó la cubierta seis veces hasta dejarla reluciente como un espejo veneciano.

* * *

La navegación a lo largo de la costa argentina prosiguió unas semanas más sin novedades, hasta que un día en que el *Endurance* surcaba a toda vela el mar hacia las islas de Georgia del Sur, el carpintero McNish se asomó por la puerta de la cocina con un plato de leche y empezó a llamar a la gata:

–Bsss... Bssss...

La *señora Chippy* remoloneaba encima de una de las botavaras del barco tendida al sol. Estaba jugando con uno de los cables de la vela, que se había enrollado entre sus patas, y trataba de desenredarse. El animal se mantenía todo lo alejado que podía de la cubierta del barco, pues sabía que era un bocado demasiado apetitoso para los perros que habitaban allí. Era consciente de que las largas patas de los sabuesos podían salir disparadas en cualquier momento hacia ella si paseaba entre las dos hileras de jaulas.

La gata abrió un ojo y vio a McNish, que la miraba como un padre mira a su retoño. En ese preciso momento, el barco fue sacudido por un golpe de viento que hizo tambalear la botavara y la *señora Chippy* resbaló sobre la madera pulida. Maulló como si la mordieran en una pata y quedó suspendida en el aire, agarrada a la cuerda con la que jugaba.

–¡Oh, Dios! –exclamó el carpintero viéndola bambolearse sobre el océano.

Otro golpe repentino del mar azotó el casco y la botavara tembló de nuevo. El cable se soltó y la *señora Chippy* cayó al mar.

–¡Marramiau! –fue todo lo que oyó McNish, que se abalanzó hacia la borda para ver cómo la gata se perdía entre las olas.

–¡Hombre al agua! –bramó sin dudarlo.

Todos los hombres oyeron el grito, que es el último que los marineros esperan oír en alta mar y surcando las aguas a más de diez nudos. Worsley estaba en el puente de mando de la nave y miró a Shackleton, que también había oído el grito de socorro. Ambos salieron a cubierta para ver qué había pasado y vieron que McNish señalaba desesperado a la *señora Chippy*, que flotaba en el agua. Hubo un breve intercambio de miradas y entonces Shackleton dijo a los hombres que estaban en cubierta sin saber cómo reaccionar:

–¡Un miembro de la expedición ha caído al agua! ¿Se puede saber por qué todavía no habéis echado la chalupa para rescatarlo?

En ese momento, el capitán Worsley ordenó al timonel:

–¡Vira ciento ochenta grados!

El *Endurance* giró en redondo en una rápida maniobra para recoger a la *señora Chippy* que, al cabo de media hora, estaba de regreso en la cocina junto al fuego, comiendo algo de pescado y abrigada con una manta. Muchos hombres se acercaron a acariciarla considerando ese accidente y la misericordia que había mostrado el jefe como un signo de buen augurio. El prestigio y la autoridad de Shackleton resultaron reforzados entre la tripulación tras el incidente, pues, si había tenido tal consideración con una gata vagabunda, eso indicaba que era un hombre en el que se podía confiar.

El barco siguió su camino hacia la estación ballenera de las islas de Georgia del Sur. Allí estaba previsto recalar unos días para reabastecerse antes de adentrarse en el peligroso mar de Weddell, porque era necesario comprar alimento para los perros, cargar más carbón y, si era posible, recabar información sobre las condiciones del mar y de la barrera de hielo que había que atravesar. Worsley y Shackleton acordaron fondear el *Endurance* durante seis días en la estación de Grytviken.

* * *

Pocas semanas más tarde, una luminosa mañana avistaron el archipiélago que se elevaba como inmensas rocas heladas en medio de la inmensidad del mar. Las islas de Georgia del Sur eran una formación de rocas casi negras espolvoreadas de nieve, como azúcar sobre un pastel de chocolate. Por la tarde atracaron frente a la estación ballenera en Grytviken, junto a dos embarcaciones cargadas de arpones. Vieron que en las negras aguas del muelle flotaban dos inmensas ballenas azules a las que un grupo de marineros estaban desollando. Los noruegos, que vestían abrigos gruesos y gorros de lana, trabajaban sin descanso cantando una canción de su país. Los tripulantes del *Endurance* vieron que cortaban la carne de los animales en tiras, ayudándose de hachas afiladas y hoces de largos mangos. Las ballenas yacían abiertas en canal y el agua del puerto estaba teñida con su sangre, que se mezclaba en curiosas combinaciones de color con las manchas de aceite.

Por encima de los animales muertos revoloteaban los cormoranes, que emitían agudos chillidos mientras se daban un festín con las vísceras que los obreros echaban a las aguas del muelle. El cielo de la isla estaba matizado por una curiosa luz lechosa y mortecina, del color del marfil africano. El físico James explicó a los marineros que se trataba de un efecto de los millones de cristales de luz que los vientos arrancaban de los gigantescos glaciares del interior de la isla.

Después de las maniobras de amarre, Worsley reunió a los hombres en cubierta. Todos iban bien abrigados, con guantes de lana y gorros de fieltro:

–Estaremos aquí unos días –les dijo–. Podréis bajar a tierra en turnos de ocho hombres para compartir unos días con los balleneros.

Los hombres gritaron encendidos «hurra» ante la perspectiva de pisar tierra firme después de varias semanas de navegación en alta mar. Sin embargo, también sabían que ese sería el último lugar poblado que iban a ver en muchos meses y que, al abandonarlo, lo único que les aguardaba sería hielo y agua, o agua y hielo.

Hicieron turnos para bajar a tierra; el primero lo formaron los científicos y Frank Wild. Fueron directamente a admirar las grandes ballenas que yacían en el puerto y a hablar con los noruegos que las estaban desollando. Supieron que ese año los balleneros habían cazado casi cinco mil, y que miles de barriles de aceite iban ya en dirección a Europa y América.

–Esto es increíble –dijo Clark al doctor Macklin, que miraba los cadáveres de los cetáceos.

–¿Qué ocurre?

–Este marino noruego dice que la factoría produce anualmente unos trescientos mil litros de aceite.

Wild, como primer oficial, se encargó de negociar con el capataz la compra de cientos de kilos de carne para los perros, así como más carbón para reponer las existencias del *Endurance*. Shackleton, por su parte, preguntó por el encargado de la factoría y le dijeron que estaba en Stromness, a unos veinticinco kilómetros de Grytviken. Así que hizo el camino desde el puerto hasta esa localidad para cenar con Andersen, el encargado de la factoría. Al cabo de un par de días regresó al *Endurance*. Andersen le había dicho que, para conocer las condiciones de los mares, lo mejor que podía hacer era hablar con Sorlle, por quien pasaba toda la información de los diversos balleneros que atracaban en el puerto.

Cuatro días después de fondear en la estación, recibieron la visita del capataz Thoralf Sorlle, que acababa de regresar a la factoría de sus vacaciones en Noruega. El recién llegado subió al *Endurance* y sir Ernest se encontró en cubierta con un fornido noruego de casi dos metros de alto, cara rojiza y unos ojos tan claros como un iceberg durante el amanecer. En la cara lucía unos hermosos mostachos rubios, cuidados y curvados.

–Buenos días –dijo Sorlle en un inglés más que correcto.

–Buenos días –le tendió la mano Shackleton amistosamente–. Bienvenido a bordo.

Los dos hombres dieron un breve paseo por la cubierta, en la que algunos perros dormitaban y otros sacaban el hocico o las patas de la jaula para que alguien les prestara atención. Sorlle se quedó admirado del buque, del grosor de sus paredes y de la solidez de la estructura.

–Buen barco –dijo.

–De los mejores –se presentó Worsley, saliendo del puente de mando para estrechar la mano del recién llegado.

–Sí –añadió Shackleton–, diseñado por Larsen y construido en su país.

–Tengo entendido que quieren atravesar el Polo de mar a mar... –dijo el noruego con una mueca, como si no creyera lo que le habían dicho en la taberna.

–Así es, si los hielos no lo impiden.

Poco a poco la cubierta se había ido llenando de marineros que querían ver al nuevo visitante. Pero Sorlle era un hombre muy discreto y no quería que todos se enterasen de lo que tenía que decir al jefe, así que hizo un gesto a Shackleton y a Worsley para que lo acompañaran a tierra.

–Vamos a la taberna del puerto –les dijo–. Allí podremos hablar tranquilamente.

La taberna era un lugar abarrotado de marineros, humo, risotadas y olor a pescado que se mezclaba con el de los licores que tomaban los hombres para combatir el frío. Sentados en una de las rústicas mesas y con un vaso de *brandy* delante, Sorlle les puso al corriente de los movimientos de los icebergs del mar de Weddell y Shackleton supo que las condiciones de esos meses eran peores que las de años anteriores.

–Esta temporada –les dijo el noruego–, las temperaturas han bajado más de lo esperado. Sin duda, encontrarán hielo mucho antes de lo previsto. Dudo que puedan atravesar el mar de Weddell para desembarcar en el continente antes de la próxima primavera. Yo, en su lugar, aguardaría en la estación a que mejorase el tiempo.

Shackleton frunció el ceño dudoso, pero su boca y su mentón de hierro indicaban que pensaba seguir con lo que había previsto.

–Quizá sea arriesgado –respondió al noruego–, pero ya hemos llegado hasta aquí y lo intentaremos.

–No tengo nada que añadir ni puedo oponerme –les dijo Sorlle taciturno–, pero créanme, nunca había visto que el mar estuviera helado tan cerca de Grytviken. Parece que los hielos quieran extenderse más y más hacia el norte. Grandes bloques de icebergs vagan por el océano como las viudas blancas por el cementerio. Algunos viejos capitanes con los que he hablado en estos días, me lo han confirmado. Será casi imposible atravesar la barrera. De todos modos, pueden hablar con ellos. Los encontrarán esta noche en la cantina.

Los capitanes de los balleneros afincados en la zona de las Georgias también fueron generosos con ellos después de la tercera copa de ron, compartiendo información sobre las aguas en las que realizaban sus capturas. Les confirmaron la severidad extrema de las condiciones del hielo en ese sector del Antártico.

Esa misma noche, tras escuchar los consejos y sugerencias de los capitanes más experimentados, Shackleton decidió dirigirse hacia las islas Sandwich del Sur, un poco más al este, con objeto de atacar mejor la entrada en las zonas de riesgo para no enfrentarse directamente con la barrera de hielo.

–Calculo que el mejor momento para entrar en el mar de Weddell será a finales de febrero o principios de marzo –le dijo a Worsley al terminar la reunión con los lobos de mar noruegos.

Después regresaron al *Endurance* para seguir con los preparativos y zarpar cuanto antes. A lo largo de los días siguientes continuaron cargando cantidades extra de carbón y otros materiales que podían ser de auxilio en la nieve, como más mantas, repuestos para los trineos, carne desecada, legumbres, harina, más café y tabaco de pipa.

4. Rumbo al mar de Weddell

La expedición abandonó el puerto de Grytviken el 5 de diciembre de 1914. Ese amanecer empezó a soplar desde el noroeste un viento fuerte y helado que los alejó de la estación ballenera noruega hacia el mar de Weddell. Sorlle y muchos otros marinos se quedaron en el muelle despidiéndolos y el *Endurance* respondió a sus saludos con la sirena mientras gruesas volutas de humo negro salían por sus chimeneas. De esa manera, saludando a esos hombres que habían cruzado cien veces los mares más terribles de la tierra, rompieron el último eslabón que los unía con la civilización.

La mañana estaba embotada, se había nublado y empezaron a caer copos ocasionales de nieve que las ráfagas de viento arrastraban, provenientes de los montes cercanos. Los largos días de preparación se habían terminado y la aventura comenzaba. El *Endurance* salió a vapor y vela con rumbo sudeste para evitar los icebergs que procedían del temible mar de Weddell. Shackleton y Worsley, que habían tomado nota de los sabios consejos de Sorlle, decidieron evitarlos hasta cuando fuera posible, pero también decidieron que iban a emprender la aventura sin más retrasos.

En la cubierta se almacenaba una tonelada de carne de ballena comprada en la estación ballenera para alimento de los perros, que ladraban excitados al oler la sangre. Las predicciones meteorológicas los animaron a cargar cantidades extra de carbón, que también colocaron en la cubierta, por si hubiera que capear temporales y las máquinas tuvieran que trabajar más tiempo del previsto. A Shackleton le preocupaba cómo pasar un invierno con el *Endurance* en el mar de Weddell, ya que, si se quedaban varados en el hielo, sería imposible encontrar un lugar para guarecerse. La cubierta del buque y todas las despensas estaban repletas de alimentos y de los materiales necesarios que los ayudarían a superar cualquier contingencia que se presentara.

–Si no podemos hallar una vía libre para llegar al continente –se sinceró Shackleton con su segundo, Wild–, inevitablemente la nave deberá volver a pasar el invierno en Georgia del Sur y lo intentaremos unos meses más tarde, pero no quiero dejar escapar la oportunidad.

* * *

La nave siguió toda la noche rumbo al sur sin ningún contratiempo. Un día más tarde, los hombres se quedaron mudos al pasar junto a dos icebergs y numerosos trozos de hielo que despedían una luz imposible, blanca y pura como no la habían contemplado jamás. Todos se quedaron boquiabiertos ante el espectáculo que se ofrecía a su vista. Muchos tuvieron que cerrar los ojos, pues la luz que desprendía el hielo parecía de fuego y los cegaba.

En la cubierta del barco, el artista Marston estaba maravillado, junto al joven Blackborow y a los demás hombres. No perdía detalle de las maravillas que la naturaleza les ofrecía esa mañana.

–Fíjate –dijo al muchacho–. ¿No es maravilloso?

–¿El qué? –se extrañó Blackborow–. ¿El hielo?

–Los colores –señaló Marston–. Los colores son siempre maravillosos. No hay dos blancos iguales. ¿Te das cuenta? En algunos icebergs son pastosos a causa del sol y en otros sus cristales brillan como diamantes, despidiendo luces verdes o amarillas. Si están a la sombra, los blancos se vuelven grises e, incluso así, no todos tienen el mismo color. Los hay de un gris apagado, como el del pelo de un gato callejero, y otros son de un gris ámbar de tonos azulados, igual que una perla, pero solo si el agua del océano se refleja en ellos. ¡La paleta de colores es infinita! ¿No es estupendo?

–Es verdad –señaló el muchacho–. Lo mismo ocurre con el viento: a veces silba como un tren, pero es más agudo o más grave si pasamos cerca o más lejos de un gran iceberg.

–Exacto, es el mismo fenómeno. ¡Qué país más curioso, y qué salvaje! –se entusiasmó el artista.

Ciertamente, pensó el pintor Marston, a medida que avanzaban hacia el sur, los vientos eran cada vez más violentos, el frío se había recrudecido y los animales estaban cada vez más nerviosos, como si notaran que se estaban acercando a un lugar peligroso.

Esa mañana estaban todos en el lado de babor del barco y hacía rato que admiraban las formaciones heladas que se habían desprendido del continente meses atrás, esos monstruos de hielo que vagaban como náufragos en mitad de las anchas y oscuras olas. Entonces oyeron un estruendoso chorro de vapor por estribor. Todos se abalanzaron al otro lado de la nave y allí, en mitad de la inmensidad de las olas negras, vieron que una enorme ballena azul nadaba junto a ellos. Su brillante joroba se hundía y salía del agua, y al hacerlo los rociaba con el vapor de agua que salía a chorros por su espalda. Para muchos, todo lo que estaban viendo era nuevo, pues se estaban adentrando en unos territorios por los que muy pocos hombres habían pasado.

–¡Bienvenidos a la Antártida! –les gritó Shackleton desde el puente de mando al verlos admirados por las grandes moles negras de las ballenas y los ballenatos–. ¡A partir de ahora, todo será muy distinto de lo que hayáis vivido!

* * *

Al día siguiente, se encontraron cara a cara con el enemigo por primera vez. El *Endurance* detuvo sus máquinas frente a unos inmensos trozos de hielo que flotaban y se balanceaban a la deriva como si fueran los vigías amenazantes del continente helado. Esperaron un rato, observando esos cubos irregulares. En unos minutos, el viento hizo que se unieran unos con otros hasta convertirse en una masa compacta imposible de atravesar.

–¡Qué poder el del agua y el del hielo. Las fuerzas de la naturaleza nunca dejan de sorprenderme! –pensó el doctor Macklin en voz alta.

–Eso no es nada, doctor –dijo Tom Crean a su lado–. Recuerdo que durante el viaje del *Discovery* con Scott, las masas de hielo tenían tres o cuatro veces ese tamaño. Fue el peor invierno que recuerdo, y he participado ya en varias expediciones a estos mares.

Blackborow, que estaba por allí cerca, se acercó a Crean con admiración y le preguntó:

–¿Usted participó en la expedición de Scott?

–Sí, muchacho –dijo Shackleton, que había oído la conversación–. Ahí donde lo veis, ¡estáis ante una leyenda viva de la Antártida!

–¡Oh, vamos, jefe! –se quejó el gigantesco Crean, bajando los ojos avergonzado–. No se ría de mí.

–No me río, Tom, cuéntales la aventura de Scott. Nadie mejor que tú para que la conozcan de primera mano.

Tom Crean, el fuerte irlandés, obediente, se quitó la pipa de la boca y empezó a hablar mientras miraba los icebergs que se alejaban del *Endurance*:

–Bien, pues ahí va –dijo mientras se guardaba la pipa caliente en uno de los bolsillos–. Scott[19] era un tipo duro y determinado. Sabía muy bien lo que quería. ¡Por Dios que lo sabía! Su intención y su obsesión eran llegar al Polo antes que el noruego Amundsen. Para la misión diseñó un plan rápido y atrevido. Muy audaz, me atrevería a decir. Solo confió completamente en un puñado de hombres, que fuimos seleccionados para acompañarlo: William Lashly, el teniente Edgar Evans y yo mismo formábamos el último equipo de apoyo que lo seguiría hasta las proximidades del Polo Sur. El teniente Henry Bowers, el doctor Edward Wilson, el teniente Edgar Evans y el capitán Lawrence Oates, fueron los elegidos para pisar el Polo.

»Cuando nos hallábamos a doscientos cuarenta kilómetros del objetivo de la expedición, cedimos a Scott muchos alimentos que transportábamos, y retrocedimos

19. Scott se enroló en 1881 en la Royal Navy, tras haber terminado sus estudios, por consejo de su padre. En 1891 superó los exámenes en el Royal Naval College, lo que le permitió ascender a teniente; fue destinado al HMS Amphion como especialista en torpedos. Soñaba con una vida aventurera, más emocionante que la de un oficial de Marina en tiempos de paz. Sobre el fracaso de su expedición se ha escrito mucho. Quizá el libro más interesante sobre el tema sea el de Apsley Cherry-Garrard, *El peor viaje del mundo* (1922), considerado como el mejor libro de viajes que se ha escrito. En él se dice que Amundsen acertó en sus decisiones a la hora de organizar su expedición: su equipo humano era reducido, era hábil para dirigir a los perros y todos sus hombres eran buenos esquiadores.

hacia la base. En el viaje de vuelta, el teniente Evans enfermó gravemente de escorbuto y no podía continuar marchando por la nieve los más de mil kilómetros que aún nos quedaban por recorrer. Lashly y yo nos negamos a abandonarlo en el hielo y lo ayudamos a seguir, pero a cincuenta y cinco kilómetros de la base, faltos de alimentos y de combustible, y con Evans ya agonizando, decidimos que uno de nosotros permanecería cuidando al teniente, mientras que el otro iría hasta el campamento base para solicitar ayuda. Lo echamos a suertes y me tocó a mí ir hasta la base. Fue una penosa marcha de dieciocho horas a través de una intensa ventisca, pero conseguí llegar y una expedición de socorro pudo llevar a Evans y Lashly con vida a la base.

»Creo que el resto de la historia es muy conocida. Scott y el resto llegaron al Polo, pero, ante su asombro, encontraron allí plantada la bandera de Noruega. Regresaron desanimados y agotados, y murieron de frío en mitad de la misma tormenta de nieve que me sorprendió a mí de regreso al campamento. Solo diré que meses después participé en la expedición que encontró los cadáveres de Scott y dos de sus compañeros.

–Solo se te ha olvidado contar –dijo Shackleton, que había seguido la historia desde el puente de mando, junto a Worsley– que, al terminar todo, a Lashly y a ti se os concedió la medalla del Príncipe Alberto por salvar la vida del teniente Evans.

Crean hizo un aspaviento con la mano, como si eso no tuviera ninguna importancia, pero el doctor Macklin estaba inquieto oyendo el relato y dijo al irlandés:

–Oye, Crean.

–¿Sí, doctor?

–A tu juicio y al del jefe, ¿cuál fue el principal error de Scott? Quiero decir, ¿por qué fracasó su expedición?

Tom Crean miró a Shackleton y, cuando este asintió, el irlandés dio su opinión sobre lo sucedido unos años atrás:

–Algunos dicen que fue un error otorgar el mando de la Expedición *Discovery* a Scott porque se habían sobrevalorado sus capacidades, ya que no era más que un joven oficial de torpedos, sin ninguna experiencia en el Ártico, lo cual no deja de ser cierto de algún modo. Sin embargo, creo que el gran error fue el método empleado para la travesía a pie. Scott insistió en utilizar ponis de Siberia en su primera expedición. Luego optó por que fuesen los hombres quienes arrastraran todo el equipo hasta el Polo, en vez de utilizar trineos tirados por perros. Esa fue la principal diferencia entre nuestra expedición y la de Amundsen.

»Scott se sirvió de perros, pero solo hasta el glaciar Beardmore, mientras que Amundsen, que era un conductor de perros más experimentado y un zorro viejo, los utilizó durante todo el viaje. Tal vez su resistencia a llevar los perros hasta más lejos se debía a que Scott admitió en una ocasión que aborrecía la idea de sacrificar a los perros para alimentar a los demás. No lo sé; la cuestión es que buena parte de los animales murió antes de lo previsto y a partir de ahí las jornadas, cargando con todo el peso, fueron agotadoras.

–Es lo que había oído decir –afirmó el doctor, muy atento a lo que contaba el irlandés–. Aunque quizá otro error fue no haberse asesorado con los indígenas que son, indudablemente, los expertos en supervivencia en un clima tan adverso; ¿no fue así?

–Para ser precisos –dijo Crean–, estas críticas deberían dirigirse a la Royal Navy, no a Scott. Él simplemente siguió las indicaciones de sus predecesores en el Polo y de sus superiores de la Marina.

–Así es –dijo Shackleton desde el puente de mando–. Años antes yo seguí la misma ruta que Scott, prácticamente con el mismo equipo y sistema de transporte, y tuve que abandonar la idea de alcanzar el Polo para regresar cuando estaba a pocos kilómetros de la meta, ante el riesgo que suponía para nuestras vidas seguir con la expedición.

–Scott –prosiguió Crean– apostó a que él triunfaría donde el jefe fracasó, basándose únicamente en el convencimiento de que era mejor líder para la hazaña de alcanzar el Polo Sur. Perdió la apuesta por los defectos de los medios empleados en ambas expediciones, no tanto por una cuestión de cualidades personales o de liderazgo. Además, Scott se enfrentó a una meteorología que solo se da una vez cada cien años, con temperaturas veinte grados más frías de lo habitual y con ventiscas que duraban muchos días.

»Las bajas temperaturas que nos encontramos en la barrera de hielo Ross dificultaron el deslizamiento de los trineos. Scott y Simpson, el meteorólogo de la expedición, estimaron que las temperaturas serían lo bastante altas como para que los trineos se deslizaran con facilidad.

»Para que os hagáis una idea, el esfuerzo que tuvimos que hacer era como el de empujar una bañera llena de piedras a través del desierto del Sahara. Otro efecto del frío extremo fue la escasez de combustible. Habíamos dejado depósitos a lo largo de la ruta, pero, cuando fuimos a buscarlos, comprobamos que muchos estaban vacíos. Las soldaduras se habían cristalizado a causa de las bajas temperaturas y ¡maldita sea! –dijo el irlandés recordando con dolor aquellas jornadas– al abrirlas se rompieron.

–Por otra parte –señaló el doctor–, el esfuerzo de arrastrar los trineos requería comer unas cinco mil calorías diarias y, salvo probablemente los *inuit,* que sí lo hacen, vuestra expedición no dio importancia a seguir una dieta muy grasa. Scott llevaba una gran cantidad de carne seca, que no era demasiado rica en grasas. La extremada pérdida de peso motivada por el esfuerzo físico redujo la grasa corporal y, con ella, el aislamiento del frío.

–Sí, doctor, las causas de la muerte de Scott[20] fueron la inanición, el agotamiento, el frío extremo y el escorbuto.[21] En verdad, las condiciones de la expedición no pudieron ser peores.

La cara de Tom Crean se ensombreció, y así terminó su relato para regresar a sus quehaceres. Desde ese día, los marineros empezaron a mirarle con admiración. Para todos ellos era un honor formar parte de la misma expedición del austero irlandés que fumaba en pipa y que había atravesado en solitario una cuarta parte de la Antártida para salvar a un hombre moribundo.

* * *

Pasados unos pocos días, a unos veinticuatro kilómetros al norte de la isla Sanders, se enfrentaron con un cinturón de hielo pesado que se extendía un kilómetro de ancho

<hr />

20. Los miembros de la partida de relevo que encontró a Scott y sus compañeros seis meses después de su muerte –de la que formó parte Crean–, señalaron el punto exacto donde habían perecido con un montículo de nieve coronado por una cruz. Algo después, antes del regreso del *Terra Nova* en enero de 1913, los carpinteros del barco hicieron una gran cruz de madera en la que grabaron los nombres de los fallecidos y el verso del poema *Ulysses* de Tennyson: «Luchar, buscar, encontrar y no rendirse jamás». Esta cruz se colocó sobre la colina Observation Hill, en la que estaba el cuartel general de Scott en cabo Evans. Scott y sus camaradas murieron en un glaciar muy próximo al mar. En la década de 1970, sir Peter Scott, el único hijo del capitán Scott, visitó el modesto memorial. Pocos meses más tarde, los restos de Scott y sus camaradas fueron arrojados al mar.

21. Enfermedad provocada por deficiencia de vitamina C.

de norte a sur y que formaba una muralla impenetrable. Aguardaron unas horas hasta que encontraron un pasadizo de mar abierto que les permitió pasar entre los hielos y adentrarse en ese mundo deshabitado, salvaje y desconocido. A mediodía la latitud[22] era de 57° 26′ sur, según anotó Worsley en el cuaderno de bitácora.[23]

Shackleton estaba intranquilo por este primer encuentro, pues aún se hallaban muy lejos del temido mar de Weddell y ya habían encontrado los primeros monstruos de hielo impidiendo el paso hacia el continente helado. Tal como le había indicado en la estación ballenera el capataz Sorlle, ese invierno parecía más crudo que los que él recordaba en la Antártida.

–En verdad, los hielos se han presentado mucho antes de lo previsto –confió al capitán Worsley mientras compartían un té en la cabina del *Endurance*.

–Sí, jefe, ya me he dado cuenta, pero creo que esta nave es capaz de comerse todo el hielo que se le ponga delante.

–Dios te oiga, capitán, Dios te oiga.

22. La latitud es la distancia angular entre el Ecuador y un punto determinado del planeta, medida a lo largo del meridiano que pasa por ese punto; se mide en grados. Así, el Polo Norte y el Polo Sur están a una latitud de 90° norte y 90° sur, respectivamente.

23. Este cuaderno es el libro donde el capitán de un barco anota el estado de la atmósfera, los vientos reinantes, los rumbos que se hacen, la fuerza de las máquinas con que se navega o el aparejo de velas desplegadas, la velocidad del buque y las distancias que se cubren.

La presencia de hielos alrededor del barco fue en aumento a medida que se acercaban al Polo. En alta mar, el barco[24] podía cubrir unas doscientas millas[25] al día, pero en ese terreno, parando y arrancando o aguardando a que se abriera una brecha en el hielo, apenas podía navegar una media de treinta.

Tenían veinticuatro horas de luz al día y, a través del aire diáfano, flotaban millones de cristales de nieve que la luz del sol hacía brillar como si fueran diminutas joyas. En el mar se elevaban los chorros de espuma de las inmensas ballenas azules y de las orcas asesinas. Se veían también muchos pingüinos emperadores, como manchas negras en la superficie blanca. Parecían animales vestidos de esmoquin y los miraban desde las grandes placas de hielo con las que se cruzaban sin cesar. Los hombres

---

24. El *Endurance* era un barco mixto, con velas y máquina de vapor. Este tipo de barcos empezó a usarse a partir de 1804, cuando John Stevens desarrolló la aplicación de la máquina de vapor a una transmisión con hélices. A finales de 1803, Robert Fulton lanzó al Sena un barco cuyo propulsor era una rueda con paletas, movida por una máquina de vapor. Fue mal acogido en Francia, por lo que prosiguió sus experimentos en Estados Unidos. Allí, en 1807, botó su vapor *Clermont*, con el que recorrió por el río Hudson los doscientos cuarenta kilómetros que separan Nueva York de Albany. Con este mismo barco se estableció el primer servicio regular a vapor. Estos buques se generalizaron en todo el mundo y, alrededor de 1860, el vapor a alta presión obtenido por estas calderas, permitió incrementar muy notablemente la potencia y la velocidad. Estas mejoras, reflejadas en una mayor velocidad y un menor consumo, posibilitaron que los vapores se hicieran con la totalidad de las rutas comerciales. Los avances de la metalurgia permitieron la construcción de barcos de hierro y, posteriormente, de acero.

25. Una milla náutica equivale a 1.852 m. Las distancias en el mar se cuentan así, aunque aquí se usará también la medición en kilómetros.

imitaban sus sonidos y los animales les devolvían el saludo como si fueran una colonia de parientes cercanos.

El séptimo día entraron de lleno en los hielos. Después de seis semanas de navegación por las aguas del océano Antártico, la nave había avanzado más de ochocientas millas hacia el sur y solo le faltaba una singladura[26] para llegar a su destino, la llamada bahía de Vahsel. A Worsley le encantaba enfilar los bloques de hielo y partirlos en dos, porque cada uno de ellos era distinto. Así que se sentaba en la proa, junto al mascarón, colgado en los cables de los foques, y disfrutaba como un niño al romperlos, como quien parte las galletas que flotan en un tazón de leche.

Los días transcurrieron sin muchas novedades y llegó el día de Navidad, que celebraron festivamente con pasteles, canciones y una juerga en el salón del barco. No faltó el arbolito adornado con galletas y dulces que Shackleton se encargó de decorar personalmente para que sus hombres no echaran de menos el calor de sus hogares. El jefe había preparado ese día con un cuidado especial. Sabía que mantener el buen humor en un ambiente familiar y alegre sería muy positivo para el buen ánimo de los hombres, así que preparó regalos para todos.

_____

26. En términos náuticos, la singladura es la distancia recorrida por una embarcación durante la navegación. Se mide desde el mediodía de una jornada hasta el mediodía siguiente. La singladura puede ser de veintitrés, veinticuatro o veinticinco horas, dependiendo de si la embarcación cambia o no de huso horario. En el libro de bitácora o diario de navegación se efectúan los asientos desde las cero hasta las veinticuatro horas, por lo que, a fines legales, la singladura coincide con la jornada civil.

–A veces, los detalles irrelevantes –confió al doctor Macklin, que lo vio atareado envolviendo paquetitos de tabaco, golosinas o pipas de fumar– son los más importantes.

El 9 de enero se cruzaron con una inmensa mole de un iceberg que doblaba en altura a los mástiles del *Endurance*. Los hombres se asomaron a cubierta y todos, incluso los más acostumbrados a navegar por los mares antárticos, palidecieron al ver ese gigante de hielo que avanzaba lenta y majestuosamente mientras su sombra ocultaba el sol.

–¡Cielo santo! –exclamó Blackborow, que había salido de la cocina, en la que trabajaba como pinche–. ¿Qué demonios es eso?

Tanto él como los demás vieron que, por debajo de la mole, el hielo brillaba gracias a la mágica luz del sol y se hundía, perdiéndose en la profundidad negra del océano.

–Eso que ves –dijo Crean al polizón, que miraba absorto la mole blanca– es tan solo una pequeña parte de lo que hay debajo. Algo así debió de hundir al *Titanic*[27] hace dos años en el mar del Norte.

A lo largo de unas horas avanzaron un buen trecho por mar abierto hacia el sur sin amenazas de hielo. Sin embargo,

27. El transatlántico *Titanic* se hundió la noche del 14 de abril de 1912, durante su viaje inaugural a Nueva York. El barco chocó contra un iceberg y se hundió dos horas después, en las primeras horas del día 15. El siniestro se saldó con la muerte de 1.517 pasajeros de los más de dos mil doscientos que viajaban a bordo. Fue uno de los peores desastres marítimos en tiempo de paz que se recuerdan y, sin duda, el más famoso.

las olas habían aumentado de tamaño y el barco estaba rodeado de espesas espumas que barrían por completo el océano hasta donde alcanzaba la vista. Los ánimos se serenaron y los hombres que no estaban de guardia contemplaban, acodados en la amurada, las oscuras y brillantes espaldas de las ballenas o los ballenatos, que jugaban festivos a su alrededor. Durante buena parte de la tarde se entretuvieron en apostar unos chelines por el lugar por el que saldría el siguiente chorro de vapor.

Al amanecer del día 15 de enero, estaban solo a doscientas millas de la barrera de hielo de la bahía de Vahsel. Esa misma tarde vieron que el color del mar había cambiado.

–Ahí la tenemos –dijo el capitán Worsley a Shackleton–: nuestra enemiga.

Ambos estaban en el puente de la nave observando el horizonte con un catalejo. Se quedaron inmóviles y mudos al ver la superficie helada de cientos de kilómetros de ancho, que llegaba hasta donde alcanzaba la vista.

–Eso no es una banquisa –dijo el capitán Worsley–; es un bastión del todo infranqueable.

La muralla de hielo era blanca como el mármol y parecía resquebrajada en algunos puntos. Allí donde se abrían, las grietas azules y verdes recordaban que debajo del hielo y la nieve, había agua. Salteadas en esa inmensa superficie blanca, se veían las oscuras sombras que proyectaban los bloques de icebergs. Esas masas reposaban encima de ella como las estatuas inmóviles de un jardín encantado.

–¡Avante toda! –gritó el capitán por el comunicador de cobre que usaba para hablar con la sala de calderas.

En un minuto, de la chimenea del barco se elevaron espesas volutas de humo negro. Las hélices bulleron bajo el agua helada y el *Endurance* avanzó a toda máquina para entrar en el hielo mientras el viento ululaba con violencia, arrancando trozos de hielo incrustados en los mástiles.

Así entraron en la barrera de hielo, que se abría ante ellos como si se hubiera abierto una puerta ante tan ilustres visitantes. El barco enfiló una de las grietas de varios metros de ancho que se habían ensanchado a proa y se adentró por ella igual que un cuchillo corta un pastel de nata.

Enseguida se dieron cuenta de que esos bloques eran más espesos que los que habían encontrado hasta entonces, pero, a la vez, eran muy blandos, como si estuvieran formados por nieve recién caída esa misma madrugada. Se movían al paso del *Endurance*, que avanzaba lentamente mientras la nieve se pegaba a sus costados. Las olas apenas batían contra los flancos, pues su reflujo empujaba a los bloques contra las paredes de la nave. El frío era muy intenso y todos los tripulantes, protegidos con abrigos, manoplas y gorros de lana, estaban en cubierta señalando los puntos de las placas que parecían más débiles, para que Worsley pudiera maniobrar y pasar entre ellos.

–Este hielo –dijo Shackleton, sentado al lado de Worsley en el puente– es distinto al que hemos encontrado hasta ahora. Parece más blando, ¿no?

–Sí, jefe –le respondió el capitán, que no los perdía de vista–, y no me gusta. No me gusta nada. Ya me encontré con este tipo de hielo durante la pasada expedición y es muy peligroso, mucho.

Casi todos los hombres estaban apostados en las bordas y veían cómo la oscuridad del mar azul se había transformado en un hielo blanco, puro e inmaculado que hería la vista cuando el sol salía entre las nubes y lo hacía resplandecer como un espejo. Los marineros se miraban preocupados, pues parecía que el manto de nieve que surcaban quería encerrarlos entre sus gélidos puños. Los bloques que partía el *Endurance* se cerraban sobre ellos mismos una vez que la nave los había superado. Era como si esa marea blanca los dejara entrar en su territorio, pero no quisiera permitirles escapar. Los días siguientes, el sol se ocultó por poniente y el frío se hizo tan intenso que parecía que los vientos mordían las orejas y las manos que no estaban debidamente protegidas. Entonces, antes de la cena, los hombres se refugiaron en los camarotes y en las salas después de echar la comida a los perros.

–Los animales notan algo extraño –dijo esa noche Tom Crean al doctor Macklin al terminar la cena.

–¿Por qué lo dices?

–Están agazapados en sus jaulas y apenas ladran. Deben de notar la presión del hielo contra el barco.

Así era. Los animales, que en circunstancias normales habrían estado ladrando hasta dormirse, se habían escondido en sus jaulas mientras el viento ululante entonaba extrañas canciones sobre los mástiles, trayendo y llevando copos de nieve o de agua helada.

Varias horas después, el barco tuvo que aminorar la marcha. El grosor del hielo había aumentado y cada vez le costaba más romper esa costra helada. Antes de la primera guardia nocturna, las máquinas se pararon y el *Endurance* se detuvo porque la masa de hielo compacta era demasiado gruesa para atravesarla.

–Bajad la potencia al mínimo, pero sin apagar las calderas –ordenó Worsley a través del comunicador a los hombres que trabajaban en la sala de máquinas.

El capitán y Shackleton se quedaron a la espera de que se abriera una brecha en el hielo como las otras veces, pero eso no sucedió. El hielo era espeso, la luz se había convertido en un vaho de color blanquecino salpicado de agua brillante y no parecía que las cosas fueran a cambiar.

El día 24 de enero, unos días después de haber quedado detenidos, se abrió una brecha delante del barco y las calderas rugieron de nuevo, como una bestia que despierta de repente tras la hibernación. Una humareda intensa se elevó por la chimenea tiñendo la nieve de gris y el barco intentó avanzar. Sin embargo, no se movió ni un palmo. Se habían quedado varados como una almendra que ha caído en mitad de un pastel de nata.

–Los vientos del norte han constreñido la masa de hielos contra el continente y la nave se ha quedado atrapada en un punto a mitad del recorrido –dijo Worsley a Shackleton, que seguía a su lado en el puente de mando junto al timón, observando la masa helada que se extendía sin fin ante de ellos.

Tras contrastar los malos presagios con el capitán, Shackleton se fue a ver inmediatamente a los científicos para cerciorarse de algo que ya sabía.

–Cuando los hielos se cierran –le comentó Hussey, el geofísico, en su camarote–, las áreas congestionadas se comprimen y las partes más duras acaban soldándose en una plataforma. Allí donde las partes no encajan estrechamente, hay agua, por supuesto, pero se congela en pocas horas, al pegarse los miles de diminutos hielos que forman la temida barrera.

James, el físico, dejó su pipa encendida sobre el cenicero y siguió con las explicaciones:

–A lo largo del invierno los témpanos flotantes cambiarán. Crecerán por las nevadas y parecerá que el témpano cobre vida, pues el paisaje alrededor del barco se modificará casi cada día. Los bloques se partirán, se comprimirán o se soldarán a otros, dando lugar a bloques más grandes; la mayoría de las veces formarán sólidas placas hasta que se rompan y caigan sobre el hielo.

La visita de Shackleton a los científicos no tenía como finalidad comprobar los conocimientos de estos; lo que buscaba era que no transmitieran al resto de la tripulación lo que sabían.

—No quiero poner nerviosos a los hombres —dijo el jefe—. Esto debe quedar entre nosotros. No deseo que pierdan la esperanza.

Los hombres asintieron gravemente a la orden que les acababa de dar y prosiguieron con la lectura de sus libros. El jefe intuía que podían estar mucho tiempo atrapados en el hielo de esa manera y sabía que esa era la causa de las pesadillas de los expedicionarios. A partir de ese momento, si las malas expectativas se cumplían, debería aplicarse en ocupar el tiempo de la tripulación para que se sintiera útil.

—Hemos de mantenernos ocupados —confió Shackleton a Worsley y al doctor Macklin, que había llevado unas tazas de té al puente de mando—. Ahí radica el éxito en misiones como esta.

—Eso digo yo —terció este último—: *mens sana in corpore sano.*[28]

—Exacto, doctor. Debemos preocuparnos por su cuerpo y por su alma, no solo por su rendimiento.

28. Esta expresión latina del poeta Juvenal significa 'mente sana en un cuerpo sano'.

5. Atrapados en el hielo

Tras unos días de espera, los hombres recibieron la orden de bajar al hielo comandados por Wild para intentar cortar el bloque con sierras, picos y palas. Crean recibió el encargo de liderar el equipo que se encargaría del primer turno de los trabajos en el hielo. Se dirigió a la sala donde estaban algunos hombres jugando a los dados y les dio la noticia:

–Vamos a bajar para abrir un canal en el hielo –dijo–. Si lo logramos, el *Endurance* podrá navegar por él.

–Sí –comentó Orde-Lees–,[29] quizá con el primer empuje logremos romper las placas si no son demasiado gruesas.

29. Thomas Orde-Lees, también conocido como *Lees*, era un capitán de la Royal Marines cuando se incorporó a la expedición. Shackleton deseaba enrolarlo para lograr el soporte de la Marina y Winston Churchill le dio permiso para ello. Era responsable de motores; un poco señorito y perezoso para las labores manuales, cargó una bicicleta en el barco para ejercitarse. Una de las veces que rodaba por los hielos, se perdió y tuvo que ser rescatado.

–¿Demasiado gruesas? –se interesó el joven Blackborow mientras se ponía los guantes de piel para bajar a la placa de hielo y trabajar junto a los demás.

–Sí, muchacho –le respondió Crean–, estos hielos pueden tener un espesor de muchos metros.

La idea era crear un canal hábil para que el barco pudiera maniobrar. McCarthy, Vincent, Greenstreet y McNish, con la *señora Chippy* subida a sus hombros, bajaron por las pasarelas al hielo por primera vez junto al resto de los tripulantes. Todos, incluidos los científicos, empezaron a trabajar con las herramientas de que disponían como si estuvieran en una cantera de mármol.

–Lástima que no tengamos explosivos –dijo McNish con una mueca–. Porque harían explotar todo el hielo hasta el continente en un periquete.

Antes de que empezaran los trabajos, el mismo Shackleton bajó de la nave seguido de Wild para inspeccionar la zona. Oyó el comentario de McNish, lamentándose de que no contaran con el material necesario, y no le gustó la queja.

–Pues si no tenemos dinamita –dijo a su espalda–, lo tendremos que hacer a la manera irlandesa.

Cogió un pico y empezó a golpear el hielo con dureza. Las esquirlas blancas salieron despedidas por todos lados. Los demás no esperaron a que el jefe hiciera solo todo el trabajo y empezaron a cortar el hielo y a partirlo con ayuda de sus picos, palas y sierras.

Durante tres días de trabajo sin descanso, lograron perforar un canal de más de cien metros de largo. Luego, se encendieron de nuevo las calderas y el *Endurance* intentó moverse, pero pronto se vio que era inútil gastar carbón para liberarlo. A pesar del esfuerzo, el barco no avanzó ni medio palmo. No obstante, los hombres no desistieron de intentarlo otra vez y se turnaron durante las guardias para seguir sacando hielo de la ruta del barco.

Hurley, el fotógrafo, ayudado por Blackborow –a quien había nombrado su ayudante–, sacó su máquina de fotografiar a la nieve y filmó los tremendos esfuerzos de los hombres mientras serraban, partían o transportaban grandes bloques de hielo para liberar al *Endurance* de su prisión.

–¡Muy bien! –les gritó mientras instalaba los trípodes–. Seguid así y esta noche estaremos de nuevo surcando los hielos.

–¡Hurley! –le gritó Orde-Lees al verlo con las cámaras–. ¡No me vuelvas a fotografiar sin maquillaje!

Los hombres rieron, pero siguieron trabajando duramente. Por desgracia, y a pesar de los esfuerzos de los fogoneros y de Worsley para que avanzara algo, durante los días siguientes el barco no se movió ni un pie.

–La quilla debe de estar pegada al hielo –dijo el capitán a Shackleton.

–¿No hay nada que hacer? –se interesó este con un gruñido.

Worsley negó con la cabeza.

–Esperar a que mejore el tiempo, suban las temperaturas y se deshiele –le respondió atribulado.

–En ese caso, esperaremos y nos mantendremos en forma y ocupados. No hay nada peor que la desidia, que conduce a la pereza y esta, a la desesperanza. No quiero incurrir en los mismos errores que se cometieron en otras expediciones anteriores a la nuestra.

* * *

Durante los días siguientes intentaron que funcionara ese nuevo invento llamado *radio*[30] para comunicarse con Punta Arenas en Chile, pero no tuvieron éxito. Incluso añadieron veinte metros de antena al mástil de mesana, pero no hubo manera de captar ni de emitir señal alguna, pues el aparato con el que contaban era demasiado rudimentario y estaba a cientos de kilómetros del punto habitado más cercano.

....

30. La radio era un aparato relativamente novedoso. En 1835, Faraday observó que la corriente eléctrica se propagaba como si existiesen partículas discretas de electricidad. En 1867, James Maxwell presentó su teoría electromagnética en un informe a la Royal Society. Esta teoría predecía la posibilidad de crear ondas electromagnéticas y propagarlas en el espacio. Las primeras tentativas no dieron resultados prácticos hasta que, en 1887, el físico alemán Hertz realizó la primera transmisión sin hilos. En 1884, Calzecchi Onesti descubrió la conductibilidad eléctrica que toman las limaduras de hierro en presencia de las ondas hertzianas. En 1890, el francés Branly construyó su primitivo *choesor,* que permitía detectar la presencia de ondas radiadas. Con el aparato de Branly se podían captar las ondas hertzianas a distancias mucho más considerables que con el resonador de Hertz; sin embargo, no se pudieron obtener aplicaciones prácticas hasta que el ruso Popov encontró el mejor sistema para enviar y captar las ondas: la antena.

El final del verano antártico se acercaba; estaban ya a 17 de febrero. Después de luchar sin descanso durante días contra los hielos, Shackleton se lo tomó con calma. Reunió a Worsley y a Wild y les dijo:

–Debemos hibernar dentro del barco y se acabarán las guardias nocturnas para los hombres. Es la mejor solución, dadas las actuales circunstancias. Sin embargo, hay que seguir midiendo nuestra posición a diario para ver dónde nos lleva la deriva que toman los hielos empujados por los vientos.

Worsley inició las mediciones de latitud ese mismo día y comprobó que el *Endurance*, a pesar de estar varado e inmóvil, había empezado a desplazarse al ritmo que lo hacía la masa de hielo que descansaba sobre millones de metros cúbicos de agua.

–Somos empujados por la corriente y los vientos hacia el noroeste –anunció a Shackleton–. Y vamos con más rapidez de lo que imaginaba en mis primeros cálculos.

–¿A qué ritmo avanzamos?

–Hacemos unas docenas de millas al día, es difícil precisar cuántas.

El jefe lo miró grave y pausadamente. Luego anotó en su cuaderno:

«Nuestra posición es 76° 34′ sur, 31° 30′ oeste. Estamos a ciento sesenta kilómetros del continente, pero inmovilizados por esta gigantesca formación helada. Esperaremos».

El día 21, el hielo seguía comprimiendo al *Endurance* por todas partes y el timón del barco quedó bloqueado peligrosamente por los témpanos más pesados, que se cortaron con cinceles construidos con largos pedazos de hierro y mangos de madera. Este trabajo ocupó toda la mañana, pero el hielo era tan duro que parecía que estuvieran en una cantera de mármol arrancando esquirlas de mineral al monte.

Tres días más tarde, a medianoche, se oyó un crujido cerca de la nave y los hombres se despertaron sobresaltados. Algunos, Greenstreet entre otros, subieron inmediatamente a cubierta para ver si era un témpano de hielo que se había desprendido de un cable y había caído sobre el barco. Regresó al camarote con una ancha sonrisa en la cara.

–¡Se ha abierto una grieta en el hielo! –comunicó a los demás.

La abertura se ensanchó a las diez de la mañana del día siguiente y los hombres se agitaron nerviosos, ya que la liberación parecía muy cercana. ¡Por fin podían intentar sacar el velero del hielo! Durante tres larguísimas horas, Shackleton trató de forzar las calderas de la embarcación para que entrara en la nueva pista de agua apurando los motores al máximo y con todas las velas desplegadas. Pero el único resultado visible fue el desprendimiento de los hielos que bloqueaban el timón del *Endurance*, nada más. El barco no se movió, a pesar de que las calderas quemaban y consumían grandes cantidades de carbón.

Con todas las circunstancias en contra, el jefe no se desanimó, sino que se preparó para pasar el invierno. En cambio, las miradas de los hombres eran sombrías y cada vez se oían menos conversaciones y risas en el buque.

–La expedición y el objetivo son muy importantes –le confió una mañana a su segundo, Wild–, pero los hombres lo son más. No pueden estar ociosos a merced de malos sentimientos y emociones. Los perros necesitan ejercitarse y los hombres también. Así que nos pondremos a ello, del primero al último, yo incluido.

Al día siguiente los reunió a todos en el salón del barco que servía de comedor, biblioteca o sala de fiestas, y donde también tenían lugar los anuncios importantes. Los hombres se sentaron en los bancos, bajo las gruesas lámparas de gas, apretados unos contra otros, y esperaron a que entrara Shackleton. Cuando lo hizo, todos se pusieron en pie y él les ordenó que se sentaran.

–Muchachos –anunció sonriente–. Parece que los hielos nos van a tener aprisionados una temporada.

Hubo algunos murmullos de desaprobación y de decepción, y el jefe levantó ambas manos pidiendo silencio.

–No pasa nada –prosiguió–. Estaba previsto que pudiera suceder algo así. Tendremos que quedarnos varados hasta que se deshagan con el buen tiempo. Por eso, a partir de ahora, estableceremos un horario distinto para los días de diario y para los fines de semana.

Desde ese mismo día, cada mañana los hombres desembarcaban a los perros al hielo. Se les hacía correr o se les enganchaba a los trineos para mantenerlos en forma. Todos arrimaban el hombro para trabajar en las más variadas tareas. El equipo científico dedicaba unas horas al estudio o a las investigaciones, pero ayudaban también con los perros y en otros trabajos del barco, como limpiar, cocinar o mantener las calderas encendidas. Al cabo de unos días, se optó por bajar a los perros al hielo y construirles cabañas, pues en cubierta estaban a la intemperie y muy nerviosos durante todo el día.

No tenían problemas de provisiones. Había centenares de focas que paseaban por el hielo, saltaban al agua o descansaban sobre los icebergs, y los hombres bajaban del barco para hacer ejercicio o para cazar. Sin embargo, a medida que avanzó el invierno, estos animales desaparecieron. Solo Worsley, que tenía la vista de un halcón, podía ver dónde estaban y dirigía a los hombres hacia uno u otro punto para que las cazaran. Lo malo era llevar a la foca hacia la embarcación, porque algunas pesaban cientos de kilos.

* * *

Los días posteriores a quedar atrapados en la banquisa de hielo fueron relativamente tranquilos. El día 27 Shackleton decidió apagar las calderas. Habían quemado demasiado carbón, a razón de media tonelada diaria, y el sentido común le aconsejó que lo mejor sería esperar a que el clima mejorara.

—Nos quedan unas sesenta y siete toneladas —confirmó Wild al jefe cuando se interesó por los suministros—. Esto nos dará una autonomía para treinta y tres días de navegación si los hielos se abren de nuevo.

Shackleton lo miró esperanzado, deseando que los cielos oyeran a su segundo y que pudieran salir muy pronto de la prisión de hielo en la que se habían visto encerrados.

Unos días más tarde, hacia el día 31, la nave, que formaba un todo con el hielo, se había desplazado unas ocho millas al oeste. Tras las mediciones rutinarias de Worsley, Shackleton anotó en su cuaderno:

«El *Endurance* ha derivado hasta el punto Sur más lejano, a 77° de latitud y 35° de longitud oeste, desde que nos quedamos inmovilizados».

Los hombres intentaban no ponerse nerviosos, aunque algunos, como Blackborow, estaban impacientes por proseguir con la expedición.

—¿A qué distancia del continente nos encontramos? —se interesó el joven una mañana mientras daba de comer a los perros del equipo del doctor Macklin.

—Ya estamos en el continente, muchacho —le respondió McNish, que reparaba uno de los trineos con ayuda de unas grandes tenazas–. Hasta donde alcanza la vista está todo igual de helado. Si quieres, puedes ir andando hasta el Polo.

–Me lo pensaré, gracias, McNish.

–A mandar, muchacho –le respondió riéndose mientras clavaba unas tachuelas en el cuero del trineo.

Esa semana el sol, que había estado sobre el horizonte durante dos meses, se ocultó por primera vez. Estaban a finales de febrero. Llevaban ya seis meses en el barco y casi uno encallados en el hielo. Los hombres liberaban sus frustraciones jugando al fútbol sobre las grandes placas heladas o hacían competiciones en los trineos tirados por los perros.

Shackleton se había empeñado en que realizaran ejercicio durante un par de horas al día y todo el mundo se divertía sobre la placa. Sin embargo, el hielo era muy traicionero y, si en algunas partes tenía medio metro de grosor, en otras la placa medía apenas unos centímetros. Una mañana, por ejemplo, el capitán de la nave, Frank Worsley, se hundió cuando una zona de falso hielo se abrió bajo sus pies y tuvo que ser rescatado.

Otro problema que se les presentaba cuando permanecían sobre el hielo eran las orcas. Estos animales carnívoros, cuando detectaban una foca sobre el hielo, buceaban a grandes profundidades y luego subían velozmente, rompían la placa de hielo, asomaban la cabeza y capturaban a la foca, llevándosela entre sus fauces.

Un atardecer se oyó una explosión a unos cientos de metros de donde estaban. Al día siguiente hallaron un agujero de tres metros de diámetro hecho por una orca, que habría pescado una foca.

–¿Qué es esto? –se interesó el pintor Marston al ver el agujero en el hielo.

–Habrá sido una orca que se ha zampado a una foca –le dijo Crean sin darle demasiada importancia.

El joven pintor regresó enseguida al barco, dejó de jugar al fútbol durante unos días y se dedicó a pintar el paisaje desde la cubierta, sin bajar al hielo. El mismo Frank Hurley, el fotógrafo, vivió los momentos más terroríficos de su vida cuando se encontraba con un grupo de perros sobre una placa no demasiado consistente. Con toda probabilidad, las orcas divisaron las manchas oscuras de sus cuerpos sobre la blanca superficie. Hurley se estremeció al ver que empezaban a perseguirlo y a soplar tras él, mientras rompían las delgadas capas de hielo como si fueran pañuelos de papel. El fotógrafo corrió aterrorizado hacia una zona segura y las orcas vacilaron, posiblemente por la extraña imagen que veían sus ojos. Más tarde escribiría en su diario:

 «Nunca en mi vida me parecieron unas criaturas más aborrecibles».

* * *

Las semanas pasaban una tras otra y los hombres seguían con su rutina diaria. Se encargaban de los perros y los ejercitaban entre la bruma o la nieve –que algunos días era espesa–, jugaban partidos de *hockey* o de fútbol que Hurley inmortalizaba con su cámara, y los científicos tenían todo el día para investigar o hacer pequeños descubrimientos en el hielo.

Las condiciones físicas de los perros, que de día habitaban en iglús en el hielo, dejaba mucho que desear, de modo que en febrero ya habían muerto o se había tenido que sacrificar a unos veinte. Pero el nacimiento de cuatro cachorros fue un festejo para todos los hombres del barco, en especial, para el irlandés Tom Crean, que los adoptó como si fuera su padre.

–Hazme una foto con ellos –pidió a Hurley una tarde que paseaba entre los animales con su cámara.

Crean agarró a los cuatro cachorros blancos y se los puso en el pecho mientras el fotógrafo inmortalizaba la escena.

Los científicos también se mantenían ocupados. El biólogo Robert S. Clark disfrutaba y se ilusionaba con cada nueva forma microscópica que encontraba en el hielo. Un día, unos marineros fueron corriendo hasta él con una sorpresa.

–Mira lo que hemos encontrado –le dijeron orgullosos–. ¿Crees que es interesante?

En el bote de cristal que llevaban entre las manos, flotaban las criaturas más extrañas que el científico había visto en su vida. Eran como gusanos sin cabeza, idénticos por sus dos lados, blancos como la cera y viscosos igual que las anguilas. Los animales no tenían patas, ojos ni antenas, sino que eran lisos como fideos. Clark conjeturó excitado qué especie nueva acababa de descubrir.

–¿Dónde los habéis encontrado? –preguntó a los marineros.

–En la cocina –le respondió uno de ellos–. ¡Hay a montones!

Clark los miró asombrado.

–¿En la cocina?

Todos se rieron a carcajadas.

–Sí, sí. En la cocina –le respondieron.

El científico fue hasta la cocina y vio a Charlie Green cocinando espagueti: y eso era lo que contenía el frasco que el biólogo llevaba entusiasmado entre las manos: un puñado de espaguetis cocidos.

Entre juegos y bromas pasó el verano. Las temperaturas cayeron hasta los veintitrés grados bajo cero y seguían varados en el hielo. A las dos de la mañana del día 22 de marzo, Shackleton, consciente de lo que se avecinaba, escribió en su diario:

«Ahora no hay duda de que el *Endurance* quedará confinado durante el invierno. Mi principal preocupación es la deriva del barco. ¿Adónde nos llevarán los vientos y las corrientes durante los largos meses de invierno? ¿Qué nos espera? Iremos hacia el oeste, sin ninguna duda, pero ¿hasta dónde? ¿Y será posible abandonar los hielos en la primavera y alcanzar un lugar seguro en el que desembarcar? Estas son preguntas muy importantes para nosotros».

Ciertamente, la masa de hielo en la que habían quedado atrapados no estaba inmóvil, sino que, a causa de los vientos, iba tomando una deriva hacia el noroeste que los alejaba irremisiblemente del Polo.

El 24 de marzo, la rutina cesó por completo. El *Endurance* estaba inmóvil y firmemente anclado en el hielo. Los témpanos que los abordaban eran gigantescos y podían aplastarlos fácilmente. Shackleton mandó limpiar los costados para que los hielos no llegasen a cabalgar en el casco hasta hacer peligrar la estructura.

La vida de veintiocho hombres en un barco sin mucho que hacer no era fácil, pero las imaginaciones de Shackleton y Wild trabajaron para mantenerlos ocupados: había juegos en un pequeño billar, horas de lectura, conferencias, canciones o audiciones musicales. Irónicamente, llamaron Ritz[31] a la amplia habitación en la que se reunían para las veladas. Los hombres continuaron eliminado sus frustraciones jugando regularmente sobre el hielo al fútbol o al *hockey*. De este modo pasaron

---

31. La lujosa cadena hotelera Ritz fue fundada por un suizo llamado César Ritz a finales del siglo XIX. En los hoteles, situados en las principales capitales europeas, se reunía lo más selecto de la aristocracia y de los hombres de negocios.

las semanas, aunque la ansiedad entre el grupo de marineros no hizo más que aumentar.

La soledad y la oscuridad que los rodeaba hicieron mella en algunos hombres, que añoraban sus hogares, como el artista Marston, que pensaba continuamente en su mujer y en sus hijos. Otros se volvieron más ariscos y violentos, como el bravucón John Vincent, que exigía ser servido el primero en las comidas para quedarse con las mejores porciones y que se había peleado ya con algún marinero, lo que le había valido una severa reprimenda por parte del jefe.

* * *

Las horas de sol eran escasas en marzo y la masa de hielos seguía desplazando al barco hacia el norte. Era como si una mano hiciera girar la tarta de nata y el *Endurance* solo fuera la guinda mientras se alejaba del Polo Sur. Era una simple nave de unos cuarenta metros de eslora en mitad de un millón y medio de kilómetros cuadrados de agua helada. Miraran a donde miraran, solo veían formas antropomorfas de hielo y nieve. Algunas parecían osos; otras, extrañas esculturas cubistas, pero lo más maravilloso era que el paisaje cambiaba cada día, pues dependía de la luz del sol y de los movimientos nocturnos de los témpanos, que hacían surgir nuevas formaciones y desaparecer otras.

–El hielo es muy celoso, lo que atrapa se lo queda –confesó Crean a uno de los marineros.

Un día, hicieron un concurso y todos se raparon el pelo al cero, incluso Shackleton, pues después de semanas encerrados a oscuras, no había nada mejor que hacer un sábado por la tarde. Incluso alguien quiso que Green le dibujara un ancla en la cabeza; otro hizo que le dibujaran un tablero de ajedrez. En esos días se servía algo de alcohol y se brindaba por las esposas y las personas queridas.

–A las que no veremos más –susurraban tristemente algunos durante las veladas.

Otras veces, para pasar las largas tardes de los fines de semana, el fotógrafo Hurley les ilustraba en el Ritz con diapositivas de sus viajes por el Pacífico. Si había alguna fiesta o celebración, se organizaban veladas sociales en las que los hombres se disfrazaban y escenificaban piezas de teatro o cantaban piezas de algo que recordaba a una ópera.

Muy esperadas eran las veladas musicales. El barco contaba con un gramófono y un buen puñado de discos. Los hombres se sentaban en grupos en el Ritz fumando en pipa y se deleitaban escuchando las alegres danzas de Brahms, la heroica *Obertura 1812* de Tchaikovsky o las sinfonías de Mahler.[32] Eran especialmente celebradas las piezas de este último, llamadas *El muchacho del cuerno mágico,* o las melancólicas *Canciones a los niños muertos.* Sin embargo, estas sesiones eran cortas, demasiado cortas para algunos.

32. Estos tres compositores se encontraban entre los músicos más populares del siglo XIX, cuyas obras combinan lo mejor de los estilos clásico y romántico.

Otra tarde, McLeod, uno de los marineros, se acercó al capitán Worsley y le preguntó:

–¿Por qué se raciona la música, con el bien que nos hace para no caer en la melancolía?

–Ya lo sé muchacho, ya lo sé –le respondió el capitán–. Pregúntale a Wild.

–¿A Wild? ¿Qué tiene que ver con esto?

–Es muy sencillo: Wild encargó cinco mil agujas de repuesto, pero no especificó que eran para un fonógrafo. Así que ahí tienes cinco mil agujas de coser de todos los tamaños, pero para el fonógrafo solo tenemos unas pocas docenas. Por eso las racionamos.

* * *

En julio, cuando llevaban más de seis meses varados entre los hielos, el barómetro comenzó a descender lentamente bajo cero en medio del crudo invierno antártico. Los vientos empezaron a soplar y arreciaron las ventiscas de nieve. Entonces tuvieron que sacar las ingentes cantidades de hielo que envolvían las pequeñas cabañas de los perros para que no quedaran sepultadas.

Una de esas noches, Worsley no lograba dormir. Se agitaba nerviosamente en su litera porque sentía que algo profundo se agitaba en los hielos; en mitad de la noche le pareció oír un lamento lejano. Fue algo casi imperceptible, que empezó de repente y se detuvo tal como había empezado. El segundo de Shackleton, Wild, observó al cabo de pocos días, durante uno de los paseos, que la presión de los trozos de hielo había alzado uno de ellos en mitad de otros: era como si lo estrujaran con sus garras y lo rompieran en varios pedazos. El ruido que hizo le pareció el de un cañonazo de gran calibre. Se quedó boquiabierto, porque el hielo partido tenía un grosor de más de dos metros.

–No pasa nada, Frank; este barco resistirá eso y muchísimo más –le respondió Shackleton sin dar al hecho mucha importancia, para no enturbiar el ánimo de su segundo en el mando.

Lo cierto es que los bloques habían empezado ya a constreñir al barco. Y no sabían hasta qué punto las maderas noruegas serían capaces de resistir la presión de las miles de toneladas de hielo que las atenazaban por todos lados.

6. La batalla del *Endurance* contra el hielo

Durante el mes de julio sufrieron una ventisca que los mantuvo cinco días sin salir del *Endurance*. Al amanecer del sexto día, vieron que el velero se había llenado de nieve y que los cables y los mástiles se habían teñido de blanco. Era un espectáculo precioso, pues el barco estaba cubierto por entero de un manto de pequeñas rosas recién brotadas de sus tallos.

–Vamos a limpiarlo –ordenó Wild a los hombres.

–¡Un momento, un momento! –chilló horrorizado Hurley, el fotógrafo, al oírlo–. ¡Qué poco sentido del arte! Esto hay que inmortalizarlo.

–Está bien, muchachos –resonó la voz de Shackleton entre las de todos–, demos unos minutos al artista para que inmortalice la escena.

Hurley se apresuró a salir a cubierta con todo su equipo para hacer unas bellas fotografías. Con ayuda de Blackborow, se metió en la nieve con las cámaras y se alejó para abarcar toda la eslora del barco rodeado por impresionantes bloques de hielo de formas semihumanas.

Esa misma noche instaló muchos *flashes* en la nieve para conseguir imágenes del *Endurance* cubierto de blanco.[33]

—Parece un buque fantasma, como el del *Holandés Errante*[34] —confesó a Blackborow, que lo ayudaba a tomar las instantáneas.

Así era: el solitario barco, en mitad de los hielos, parecía un náufrago en medio de un manto blanco. Los mástiles, la chimenea y los cables estaban helados y de ellos colgaban miles de pequeñas estalactitas que, por culpa de la ventisca, parecían infinitas banderitas colgadas de cabos y mástiles, que le daban un aspecto fantasmagórico.

Por suerte, semanas más tarde aumentó el plancton en el agua, lo que indicaba que se acercaba la primavera. Pronto se avistó un pingüino y unos pocos días más tarde, una foca, lo que quería decir que la temporada de

---

33. Así recordaba esa fotografía el propio Hurley: «Necesité unos veinte *flashes,* uno detrás de cada montículo, para iluminar satisfactoriamente el barco. Casi cegado por los destellos sucesivos, me perdí entre los témpanos golpeándome los tobillos y hundiéndome en charcos helados».

34. Según la tradición, el *Holandés Errante* o el *Holandés Volador* es un barco fantasma que no puede volver a puerto, condenado a vagar para siempre por los océanos del mundo. El velero siempre es oteado en la distancia resplandeciendo con una luz fantasmal. Si otro barco lo saluda, su tripulación tratará de hacer llegar sus mensajes a tierra, a personas muertas siglos atrás. Con esta historia Richard Wagner compuso una de sus óperas más famosas.

caza podía empezar de nuevo. El humor de muchos hombres mejoró sensiblemente cuando los días empezaron a alargarse. Entonces retomaron los partidos de fútbol y de *hockey* con nuevos bríos. Sin embargo, el 29 de agosto... ¡Crac! Algo horrible golpeó el casco del barco, como un rayo distante de una tormenta.

Algunos hombres subieron a cubierta; otros, como Orde-Lees, bajaron a las calderas, pero nada más sucedió después de ese ruido. Sin embargo, lo que más había temido Frank Wild acababa de ocurrir. Blackborow y McNish bajaron de cubierta al Ritz y anunciaron algo terrible:

–En cubierta ha aparecido una pequeña grieta.

Muchos hundieron sus miradas hacia el suelo. El *Endurance* llevaba meses resistiendo la presión de los témpanos y en ese momento había dicho basta. Todos sabían lo que aquello podía significar.

Al día siguiente, mientras terminaban de cenar un delicioso estofado de ternera con guisantes, se oyó otro golpe seco en el casco: la grieta se había ensanchado un centímetro. El jefe, Wild y algunos más siguieron sentados a la mesa como si nada hubiera sucedido. Esa era la consigna que Shackleton les había dado: no inmutarse aunque las cosas se pusieran difíciles.

–Tranquilos –dijo Shackleton cuando el resto de la tripulación regresó al comedor–. No pasa nada. No os pongáis nerviosos. El barco aguantará y, si no lo hace, sobreviviremos.

Esa noche, los que dormían en el lado de babor empezaron a oír cómo los dedos del hielo rascaban y presionaban contra el casco igual que las garras de un oso polar. El enemigo había despertado y se movía, avisando de que quería el barco para él. El hielo quería devorar al barco. Tan solo medio metro de madera noruega separaba sus cabezas de ese diablo helado. Por suerte, durante los días siguientes los ataques del hielo al barco se espaciaron y solamente algunas noches se oían chirridos o pequeños crujidos que mantenían a los hombres despiertos.

* * *

Para el 30 de septiembre las cosas empeoraron. Sobre las tres de la tarde y durante una hora, oyeron que los bloques de hielo presionaban el casco del *Endurance,* que empezó a gruñir y a chirriar como no lo había hecho las semanas anteriores. El ruido era tan escalofriante que les pareció estar dentro de una aserradora de troncos. Los hombres lo oyeron en silencio y pasaron unos minutos en vilo hasta que los ruidos cesaron. Por suerte, era el tercero de los ataques del hielo que el barco vencía, pero probablemente vendrían más.

Frank Wild se acercó hasta donde estaba Shackleton.

–Jefe –le anunció–, las cosas se están poniendo muy feas.

El jefe lo miró con ojos chispeantes y le respondió sin perder la sonrisa:

–¿Feas? –sonrió–. ¿Cómo de feas, Wild?

El segundo al mando pareció no comprender; entonces Shackleton lo miró en silencio y añadió:

–Mira, Frank, tenemos provisiones, municiones, sacos de dormir, tiendas y todo lo demás. Si nos quedamos en el hielo, sobreviviremos sea como sea. En esta situación y como segundo mío, no puedes permitirte el lujo de ver la botella medio vacía, ¿entiendes? Tienes que ser condenadamente optimista. Reúneme a los hombres en el Ritz; quiero hablar con ellos.

Wild asintió y marchó a cumplir lo que le había indicado el jefe. Media hora más tarde tuvo lugar la asamblea. Shackleton sabía que los últimos acontecimientos los habían puesto nerviosos y quería darles algo de confianza, y que lo vieran a él seguro y optimista.

–¿Veis? –los animó cuando estuvieron sentados en los bancos de la sala–. El barco aguanta. Somos uno de los mejores equipos que ha llegado nunca a la Antártida. No tengáis ninguna duda. En caso de que las cosas empeoren, seremos capaces de soportar lo que venga, ¿me oís? Tenemos provisiones, carbón y municiones para salir a cazar. Además –dijo sonriendo–, casi todos somos jóvenes y guapos, ¿o no?

Se hizo el silencio en la sala hasta que algunos empezaron a sonreír y entonces el líder supo cómo reaccionar. Los miró uno a uno y, al ver que nadie decía nada, prosiguió:

–¿Cómo? ¿Os reís? ¿Quién no es guapo aquí? ¿Crean? ¿Es de él de quien os reís? ¿O del viejo McNish? ¡Eh! Doctor Macklin, no se ría, que lo estoy viendo y creo que varios hombres piensan que usted es el más feo del grupo.

–Jefe –se quejó el doctor, siguiendo el juego de Shackleton–. Todos saben que mi belleza reside en mi interior.

–¡Pues debe de estar muy escondida! –le replicó el jefe.

–¡Exacto –repuso el médico–, en un lugar muy, muy profundo!

Cuando los marineros dejaron de reír, el jefe concluyó la asamblea:

–Ahora hay que ir a descansar –dijo–, creo que mañana tenemos el partido de revancha entre los rojos y los verdes, y no me vais a marcar ni un gol.

Los hombres fueron a dormir pensando en que al día siguiente los esperaba una durísima jornada de trabajo. Había que limpiar la cubierta, arreglar los camarotes, repasar el inventario, entrenar a los perros y salir a cazar focas antes de jugar el esperado partido. Las cosas se sucedían tal como Shackleton quería y convenía a todos. Los hombres no tenían ni un minuto libre para pensar en la delicada situación en la que se encontraban; al llegar la noche, al acostarse, estaban demasiado rendidos como para entretenerse con pensamientos melancólicos.

* * *

Con el ascenso de las temperaturas, vieron con alivio que el hielo había empezado a deshacerse. En octubre, el *Endurance* ya reposaba en un pequeño charco de agua, lo que renovó las esperanzas de los hombres. Pero el 18 de ese mes, el hielo volvió a adherirse contra el casco, esta vez de modo más rudo, con tanta fuerza que los bloques que lo tenían retenido se partieron por la presión y perforaron las duras maderas noruegas.

–¡Alarma! –chilló Wild desde la sala de calderas al ver que un enorme cuchillo blanco penetraba en las entrañas del *Endurance*.

Los hombres de guardia corrieron hasta el lugar de donde procedían los gritos y vieron que la bodega empezaba a llenarse de agua y de hielo.

–¡Conectad las máquinas de achicar![35] –chilló Orde-Lees, el jefe de máquinas.

Los hombres se pusieron a achicar agua y se turnaron sin parar durante tres días. Sin embargo, lograron muy poco, ya que, a pesar de los esfuerzos, no salía agua por los desagües.

–Se habrán congelado las tuberías –dijo el experto en motores.

Pocos días más tarde, el *Endurance* fue nuevamente atacado por el hielo. Varias placas se montaron unas

35. Estas bombas permiten sacar el agua de las partes inferiores de una embarcación y se accionan a mano.

encima de otras y lo elevaron por la proa sin ninguna dificultad.

–¡Cielo santo! –se admiró el jefe científico Wordie–.[36] Es necesaria una fuerza de muchísimas toneladas para levantar así este barco.

–Sí, parece que las cosas empeoran –dijo Shackleton sin inmutarse–. Pero no vale la pena preocuparse, porque no podemos hacer nada para evitarlo. Creo que hoy nos vendría bien una copita de coñac, aunque no sea domingo, ¿qué piensas, Frank?

Los hombres acogieron con vítores tan buena idea y estuvieron cantando y bebiendo hasta altas horas de la madrugada. La nave seguía elevada por la proa; los marineros caminaban por el barco como si anduvieran por una ladera, lo que pareció divertir a Bakewell y a Orde-Lees cuando esa noche intentaron bailar en el Ritz sin resbalarse.

–¡Así me gusta, chicos! ¡Otra copa de coñac a quien baile este vals sin pegarse un morrazo! –dijo el jefe.

Se estaba muriendo de risa junto a los demás, viendo cómo los dos hombres se caían al suelo irremediablemente mientras intentaban bailar. El barco estaba condenado

36. James Wordie era un escocés simpático y popular que tenía el cargo de jefe científico de la expedición. Era geólogo y estaba tan comprometido con la expedición que incluso dio dinero a Shackleton para que comprara más carbón para el barco. Fue recomendado para formar parte de la aventura por Raymond Priestley, que había sido geólogo con Shackleton en la Expedición Nimrod. Se le conocía por su seco sentido del humor y era muy apreciado porque logró hacer tabaco a partir de líquenes y otras plantas que encontró en las rocas de isla Elefante.

desde hacía días y ellos bailaban valses en la bodega mientras bebían coñac.

* * *

A medianoche, la nave descendió de golpe y cayó sobre el agua con gran estruendo. El *Endurance* se había liberado del hielo, pero había quedado ladeado unos veinte grados hacia babor. Con la sacudida, los enseres y armarios se vinieron abajo. Al día siguiente, cuando llegó la calma, Shackleton dio instrucciones para poner orden en los almacenes y los camarotes. Sobre las ocho de la tarde el barco regresó a su posición natural.[37]

Una semana más tarde, el día 24, la presión sobre el barco aumentó otra vez. Ya antes habían tenido ocasión de oír la fuerza del hielo presionando contra la nave, pero nada era comparable a lo que sucedió entonces. Los témpanos empezaron a moverse por el costado de la nave como garras de hielo, como si fueran una ola compacta. Toda la estructura, desde el mástil a la quilla, temblaba. Era algo tan colosal, que no les cabía en la cabeza que tal cosa les estuviera sucediendo a ellos. Entonces el barco empezó a hundirse, pues se había abierto una nueva vía de agua en la bodega. Se dieron órdenes de achicar agua

37. «Es difícil escribir lo que siento –escribía Shackleton–, ahora el *Endurance* está crujiendo y temblando. Su madera se rompe, sus heridas se abren y va abandonando lentamente la vida en el comienzo mismo de su carrera».

desde el mástil principal, pero después de bombear un buen rato, vieron que no salía agua por los conductos.

–¡El interior está todo helado, por Dios! –chilló Orde-Lees–. ¡Estamos a veinte bajo cero!

A las nueve de la noche Shackleton ordenó a Wild:

–Bajad los botes a tierra y salvad todo el material que podáis.[38]

Los hombres encendieron los grandes fanales y las linternas, y desde el hielo vieron a un grupo de unos veinte pingüinos que miraban al barco torturado por la naturaleza. Luego, los animales levantaron la cabeza y profirieron una serie de agudos chillidos que ninguno había oído antes, como lamentos mortuorios. McNish dejó lo que estaba haciendo y se giró hacia Macklin:

–¿Oyes eso? –le preguntó–. Ninguno de nosotros regresará a casa.

–¡Cállate! –le ordenó el doctor, taciturno–. Ya sabes que el jefe tiene prohibido que hablemos así.

Al día siguiente, sobre las cuatro de la tarde, la presión se incrementó. Las vigas del barco se empezaron a partir, la cubierta se combó y la popa del barco se elevó de nuevo

---

38. El día que bajaron al hielo, Shackleton escribió en su diario: «Después de largos meses de ansiedad y tensión, después de momentos en los que la esperanza afloraba y momentos en los que el futuro se nos presentaba negro, nos vemos obligados a abandonar el barco, que se encuentra destrozado y sin posibilidad de reparación. Estamos vivos, y tenemos víveres y equipamiento para alcanzar tierra con todos los miembros de la expedición. Es duro escribir lo que siento». El capitán Worsley escribió, por su parte: «Shackleton me dijo: "Es el fin de nuestro pobre barco... hay que abandonarlo". Yo no respondí, pero miré los entablados entreabiertos por donde entraba el agua que se precipitaba como una catarata en el interior».

varios metros hacia el cielo. Era 27 de octubre y la masa congelada aplastaba al *Endurance*.

Lo más seguro, a juicio del jefe, era que la tripulación abandonara definitivamente la nave. Por eso, a las cinco de la tarde, dio la orden de que todo el mundo bajara del barco. En esos momentos no hubo ni miedo ni aprensión. Todos sabían que la nave estaba condenada desde hacía semanas a perecer en el hielo y estaban demasiado cansados como para preocuparse después de tres días tratando de achicar agua.

Frank Wild, el segundo en la línea de mando, bajó desde el puente a las habitaciones de los tripulantes. How y Bakewell estaban echados en sus literas, agotados por el trabajo con las bombas. No podían dormir a causa de los gemidos ensordecedores que profería la nave, ya que, cuando cesaba el ruido del resquebrajamiento del maderamen, se oía el agua helada entrando a chorros por la bodega. Una presión de diez toneladas de hielo aplastaba al *Endurance* y el barco sufría de dolor, roto como por fuego de artillería. Las láminas de la cubierta se estaban agrietando y se montaban unas sobre otras con crujidos interminables. Wild metió la cabeza en el cuarto y les dijo:

–Se está yendo, chicos. Creo que es hora de salir.

Los dos marineros se levantaron, cogieron dos fundas de cojín, las llenaron con sus pertenencias y salieron a cubierta detrás de Wild. Luego este fue a la sala de máquinas donde Kerr, el segundo ingeniero, llevaba setenta y dos horas con Rickinson produciendo vapor en las calderas para dar energía a las bombas de achicar.

–Apagad el fuego, muchachos –les ordenó–, el *Endurance* se muere.

McNish, el carpintero, y McLeod estaban ocupados calafateando unas lonas y unos arcones. Wild indicó a los dos hombres que pararan. Algunos habían dejado de achicar agua hacía rato, porque veían que era inútil y estaban derrotados.

Otros estaban atareados bajando al iceberg a cada uno de la cincuentena de perros supervivientes a través de una vela que servía de tobogán. Ninguno de los animales trató de escapar al tocar el hielo, porque debieron de darse cuenta de que algo grave sucedía. Durante la operación solo se oyeron algunas órdenes breves y el silbido del viento del norte, que mordía las orejas a pesar de estar cubiertas con gruesos gorros de lana. La temperatura era de ocho bajo cero y el cielo estaba limpio de nubes. Sin embargo, a unos kilómetros al sur se entreveía una galerna que llegaría en un par de días.

–Esos vientos terminarán por aplastar el hielo contra el buque –dijo Worsley.

Así era, lo harían con un poder titánico o como unas pálidas manazas que desbaratan un rompecabezas infantil. Las dos placas que rodeaban la nave eran ya más altas que un hombre y seguían creciendo, mientras otros bloques ejercían más y más presión contra ellas.

Parecía que el repertorio de ruidos no iba a tener fin. A veces era un tren en marcha y otras, como un hacha que desbrozara un tronco. El propio barco emitía gruñidos y silbidos igual que si se resistiera a ser aplastado por esas fuerzas ocultas de la naturaleza, o como una vieja plañidera que llora a su muerto. Los mugidos del buque eran como los de una res llevada al matadero, que conoce de antemano cómo terminará el día.

A veces la nave se sacudía como una persona presa de las fiebres, con gritos angustiosos, o se movía de atrás hacia delante, intentando liberarse de las garras de hielo que la oprimían por todos los lados y que le impedían respirar. Los hombres estaban atemorizados al ver que el barco se comportaba como un ser vivo en su agonía de muerte.

Frank Hurley permaneció todo el día en el hielo con el equipo preparado para filmar la caída de los mástiles, lo que algunos hombres consideraron macabro. Cuando sucedió, en medio de un gran estruendo, los maderos arrastraron las cuerdas y el resto de equipo que colgaba de ellos. Fue algo escalofriante, porque en esos momentos en el fonógrafo sonaba la inquietante música de Tchaikovsky; para los hombres ver eso fue contemplar cómo se desmoronaba lo único que los unía a la civilización.

7. En el hielo

Sobre las siete de la tarde todos los hombres estaban en el hielo, a la deriva junto con unos cincuenta perros, dos cerdos y una gata. Se miraron unos a otros sin decir palabra y entonces vieron estupefactos que el estribor de la cubierta de la nave se rompía con tal fuerza que los bidones de gasolina salieron despedidos por los aires hacia el otro lado del *Endurance*.

–No pasa nada –les consoló Shackleton al ver que algunos bajaban la cabeza en señal de derrota–. A partir de ahora somos uno, viviremos juntos y, si es la voluntad de Dios, moriremos juntos.

Tres de las cuatro chalupas de salvamento se habían bajado la noche anterior en previsión de lo que iba a suceder. Los hombres montaron las tiendas y la cocina en mitad del hielo en silencio, cerca de los iglús de los perros, a unos cien metros del barco. Tenían mucho material que desembarcar, aunque todos sabían que entrar de nuevo en el *Endurance* era algo arriesgado. Aun así, algunos recibieron órdenes de hacerlo para conseguir lo que pudiera ser útil. Wild subió con el doctor Macklin a recoger leña y maderas.

El resto, comandado por Shackleton, se apresuró a llevar todo el material a un témpano cercano por si el que ocupaban junto al *Endurance* se rompía. Avanzaron cargados como mulas entre los témpanos, rodeados por la oscuridad mientras unos pocos alumbraban el camino con fanales. La noche era cerrada y el viento les mordía las orejas y las manos sin piedad.

Ya de noche, Wild entró en el barco para dar un último repaso. En su interior el ruido era indescriptible, como si una gigantesca broca estuviera atornillándose contra la estructura para que no escapara. Antes de acostarse en la tienda, el segundo anotó en su diario con letra apretada y redonda:

«Nunca he experimentado tanto horror y miedo como cuando he estado en la bodega de ese barco que se rompe».

Por la noche el jefe reunió a todos los hombres junto al material que habían salvado de la nave, de la que apenas sobresalían los mástiles y parte de la popa. Todo lo que se veía era un amasijo helado de cuerdas y cables, como si se tratara de los restos de un naufragio ocurrido en el temible cabo de Hornos. Los hombres lo miraron en silencio mientras de sus bocas se elevaban al cielo densas humaredas de vaho.

–El barco y las provisiones se han ido –les dijo Shackleton–, o sea, que ya regresaremos a casa. Ahora, todo el mundo a descansar. Lleváis varios días luchando con las bombas de achicar y descargando material del barco.

Esa primera noche en el hielo Shackleton no pudo dormir. En su cabeza bullían mil graves asuntos. ¿Qué debía hacer en esas circunstancias? ¿Hacia adónde debían dirigirse? ¿Era aconsejable avanzar por el hielo sin rumbo fijo y esperar a ver adónde los llevaba la placa de hielo, o eso era una temeridad? Y la más importante de las cuestiones que lo atormentaba: ¿Cuánto tiempo durarían los víveres? Entonces releyó las palabras que la Reina Madre Alejandra de Inglaterra le había escrito en la Biblia que le hizo llegar antes de la partida:

«Que Dios te acompañe en tu misión y te guíe a través de los peligros por tierra y mar».

Intuyó que la oración le guiaría en esos momentos en que las cosas empezaban a ponerse difíciles, cuando iban a pasar su primera noche sin la protección del barco. Luego paseó en solitario entre las tiendas de los hombres y oyó que, entre susurros, conjeturaban preocupados sobre su futuro. Miró al cielo y vio que las estrellas brillaban por encima de su cabeza. Fue en ese momento cuando abandonó la idea de la expedición y se dijo a sí mismo que era mejor un burro vivo que un león muerto.

A medianoche, Wild salió de su tienda y se encontró al jefe solo en mitad del hielo, plantado como un iceberg más. Se acercó a él y se puso a su lado sin interrumpir sus pensamientos.

–Mi querido Frank –le dijo Shackleton con la mirada fija en unos hielos que la luna bañaba como si todo lo que los rodeaba fuera una inmensa bandeja de plata–, nuestra misión ya no será atravesar el Polo, sino encontrar un medio que nos permita regresar vivos a la civilización.

–Lo que ordenes, jefe –respondió su segundo.

Sobre la una de la madrugada Shackleton mandó a Wild que regresara a su tienda y él continuó paseando. En ese momento se dio cuenta de que empezaba a abrirse una grieta en el bloque en el que habían asentado el campamento. Fue de tienda en tienda despertando a los hombres y les urgió para trasladarse, y evitar así que se los tragara el mar.

Así pasó el resto de esa noche, andando entre las dunas heladas. Lo único que le importaba era regresar con sus hombres vivos y quiso convertir esa derrota en una victoria. Era consciente de que se encontraban en la posición 69° 5' sur, 51° 30' oeste y de que no podían quedarse allí

por tiempo indefinido, porque eso significaría la muerte por inanición. El puesto habitado más cercano estaba a unos dos mil kilómetros y nadie en el mundo sabía cuál era su posición exacta. Con suerte, podrían acceder, según sus cálculos, a la isla Paulet,[39] en la que encontrarían las latas de conserva dejadas por otra expedición en 1902.

Durante varias noches Worsley se levantó de madrugada para examinar la placa de hielo y siempre encontró a Shackleton de la misma manera: veía su sombra iluminada por la luna, que paseaba por el bloque arriba y abajo, golpeaba el hielo con un pie para comprobar su dureza y miraba hacia el horizonte.

–Jefe –le dijo Worsley una de esas madrugadas bajo un manto de rutilantes estrellas–, creo que deberías descansar.

–Sí, capitán –le repuso–, descuida; lo haré cuando todos estén a salvo.

Al día siguiente, a la hora del desayuno, bajo los toldos de la improvisada cocina, Shackleton reunió de nuevo a la expedición a su alrededor y dio las consignas para el viaje:

–Intentaremos avanzar hasta la isla Paulet. Se encuentra a unos quinientos sesenta kilómetros hacia el norte, frente al extremo de la península Antártica. Pero para acceder a ella debemos cargar con las barcas, pues seguramente habrá que cruzar zonas de agua. Esto retrasará la

---

39. La isla Paulet es una isla de la Antártida situada a cinco kilómetros al sudeste de la isla Dundee. Su forma es circular y mide, aproximadamente, una milla de diámetro (1,6 km). Se compone de restos de lava y tiene un cono de ceniza con un pequeño cráter volcánico en la cumbre. El calor hace que en la isla existan partes libres de hielo, y la presencia de este calor lleva a pensar que el volcán estaba aún activo. En la isla Paulet vive una colonia de más de doscientos mil pingüinos.

marcha, ya que arrastrar los botes por la nieve será un trabajo costoso. Allí encontraremos una cabaña con suministros dejados por una expedición sueca hace años.

Los hombres estaban pegados unos a otros, porque el viento los azotaba por todas partes. Tenían los ojos bajos y no se atrevían a levantar la vista hacia el infinito horizonte que debían atravesar. Sin embargo, todos lo escuchaban con atención.

–Nadie podrá cargar con más de lo imprescindible –prosiguió–. Hay que reducir el peso al mínimo. Estáis autorizados a llevar vuestra ropa a la espalda: dos pares de camisetas, seis calcetines, dos pares de botas, un saco de dormir y una libra de tabaco. Cada hombre podrá cargar con un kilo de objetos personales.

Después, para dar ejemplo, se sacó del bolsillo su pitillera de oro, su reloj, unas monedas y otras cosas personales, y las tiró a sus pies sobre la nieve. Luego abrió la Biblia que le regaló la Reina Madre Alejandra y leyó un fragmento del libro de Job:

«¿De la matriz de quién nació el cielo?
Las aguas se endurecen a manera de piedra.
¿Y la blanca escarcha del cielo, quién la ha engendrado?
Y la faz del piélago está congelada».

Shackleton sabía, por las expediciones anteriores, que los que cargaban con demasiado peso perecían, mientras que quienes iban ligeros estaban más preparados para avanzar rápidamente y sobrevivir. Por la tarde, vio que la tripulación había depositado encima de su pitillera un montón de cosas inútiles: cronómetros, hachas, sierras, jerséis, fotografías de los familiares, libros...

Se autorizó a los médicos a cargar con su material y los hombres que escribían diarios, podrían conservarlos. Entre las múltiples cosas que Shackleton vio en el montón de material desechado, se encontraba el instrumento musical de Hussey, que había servido para amenizar tantas veladas.

Shackleton se acercó al meteorólogo y le dijo:

–¿Qué hace tu banjo ahí?

Hussey le respondió:

–Es muy pesado y molesta.

–Nada de eso –le respondió el jefe–; a partir de ahora la música será muy necesaria.

* * *

Así empezó la lenta marcha encabezada por Shackleton y Hussey, que cargaba con el banjo a su espalda. Durante las noches siguientes, acampados sobre el hielo, las notas del instrumento dieron calor a muchos corazones helados y les distrajeron de las penurias del día.

Avanzaban muy lentamente, mucho más de lo que había previsto Shackleton. Tenían que detenerse con frecuencia y construir rampas para arrastrar el material y las barcas hasta las zonas más elevadas. La primera noche acamparon como pudieron, tras haber cubierto muy poca distancia desde que abandonaron el barco. Nevó copiosamente desde la hora de la cena y, por la mañana, después de un sencillo desayuno, la expedición reemprendió la penosa marcha.

Los hombres intentaban avanzar con nieve hasta las rodillas y sudaban copiosamente. A las cuatro de la tarde y, tras haber cubierto solo un kilómetro y medio, Shackleton vio el estado en el que se encontraban y decidió que esa noche acamparían allí mismo. Los restos del *Endurance* aún eran visibles a su espalda y se podía pensar en rescatar algo más de material.

Durante los días siguientes, pequeños grupos de hombres se acercaban a ver el *Endurance*, pero apenas había ya barco. Tan solo eran visibles restos de los mástiles y de la chimenea, llenos de cables mezclados con cuerdas que emergían del hielo y la nieve. En una de esas visitas los hombres colgaron del mástil la bandera de Inglaterra, para que cuando el barco se hundiera definitivamente, lo hiciera con sus colores. Al terminar, regresaron cabizbajos al improvisado campamento.

8. Un campamento en mitad del hielo

La idea original de Shackleton era emprender el camino hacia el norte y lanzarse a navegar en cuanto los hielos se lo permitieran. Arrastrarían el material con los perros y los trineos, y los hombres tirarían de los tres botes. La intención era recorrer una media de unos quince kilómetros al día, pero con la carga que arrastraban, avanzaban con demasiada lentitud y acamparon, con la esperanza de que la deriva de los hielos los acercara más a la isla Paulet.

En este improvisado campamento, que a propuesta de Worsley se llamó Esperanza, se montó la cocina que McNish había habilitado con los restos de la caldera del barco y a la que alimentaban con piel de pingüino y grasa de foca. Los hombres intentaron mantener cierta rutina en los horarios: cazar, partidos de fútbol, cuidar y ejercitar a los perros, algunos ratos de lectura...

Shackleton empezó a cojear el mismo día en que establecieron el campamento en el hielo. Había arrastrado los botes como el resto de los expedicionarios y su espalda había dicho basta. El doctor Macklin se la examinó en el interior de la tienda; al presionar los músculos dorsales vio que estaban hinchados como un globo. El grito que dio el jefe le ahorró tener que hacer más comprobaciones.

–Creo que deberías reposar –le dijo el doctor Macklin.

–Lo estoy haciendo.

–Quiero decir, acostado en la tienda –insistió el médico.

La cara de Shackleton se oscureció por un momento.

–Ese es un lujo que no nos podemos permitir –le respondió un tanto malhumorado.

–Tienes un lumbago de caballo, jefe –diagnosticó gravemente el doctor–. Te has deslomado arrastrando los trineos y, aunque seas un tozudo irlandés, no tienes veinte años. Si no reposas, en unos días te sentirás mucho peor. Además...

El sólido mentón de Shackleton tembló por un breve instante y los icebergs que flotaban en sus ojos miraron directamente al doctor.

–¿Además? –dijo–. Lo sé, lo sé. Si no te obedezco, daré un ejemplo pésimo a los hombres.

–Exacto –sentenció el doctor, que le dio unos analgésicos y lo acompañó a la tienda.

Así que Shackleton hizo caso al doctor, que le ordenó guardar cama durante unos días, aunque no estuvo parado. Su cabeza no dejaba de dar vueltas para que nadie estuviera inactivo. Quería que vieran el hielo que se extendía hasta el horizonte, pero que no lo miraran directamente; no deseaba que pensaran que no tenían escapatoria. De otro modo, la sola visión de ese desierto helado podía ser desesperante.

El paisaje era el mismo día tras día y hora tras hora. Era como para volver loco al más cuerdo. No debían mirar el paisaje, sino aliarse con él, estar centrados en el campamento, sin un momento de respiro. Desde ese día, cualquier tarea iba a ser muy importante, crucial para la supervivencia del grupo. Iba a valorar el esfuerzo de todos, los felicitaría y los animaría a mejorar y a dar pasos adelante. Aunque estuvieran varados en el hielo, sentirían que avanzaban hacia su objetivo porque los hielos los llevarían hacia el norte, cerca de la civilización, y llegaría el día en que pudieran botar las barcas; pero hasta ese día, el grupo debía estar activo, preparado y en forma. Cada mañana, Shackleton avisaba a su segundo Wild y le daba instrucciones para los diversos grupos de marineros y científicos.

–Hoy toca revisar las tiendas –le dijo al cuarto día de estar postrado en cama–. Dile a McNish que se acerque, quiero que repase los bajos de los botes; al haberlos arrastrado tanto por el hielo, puede que alguno se haya perforado.

Otros días evaluaba cuántas focas se habían cazado y en qué zona, o seguía las evoluciones del coro o si se había entrenado a los perros durante la mañana. Todos los integrantes de la expedición tenían unos objetivos bien precisos que cumplir y el jefe no dejaba nada a la improvisación, ni en esos momentos. No dejaba de revisar con cada uno de los responsables las existencias de suministros, y también dispuso que se construyeran más iglús para los perros. Eso enfureció al capitán Worsley, que una tarde se acercó a la tienda del enfermo, abrió el faldón y entró en su interior.

–¿Cómo te encuentras, Ernest? –le saludó antes de entrar en materia.

–Fuerte como un roble. Este clima me sienta de maravilla –bromeó Shakcleton–. Creo que mañana ya podré dar un paseo si el doctor Macklin me autoriza.

Worsley tosió brevemente y luego dijo:

–He oído que has mandado construir más iglús para los perros.

–Así es, Frank, más espaciosos, más confortables si puede ser y, sobre todo, más grandes.

–¿Más grandes? Pero ¿crees que es necesario? –le preguntó el capitán un tanto irritado.

–¿Estás molesto por algo, Frank? ¿No entiendes por qué lo he ordenado? –le preguntó con una sonrisa mientras se revolvía de dolor en el saco.

–La verdad, jefe, no –dijo Worsley–. Lo veo algo absurdo, no creo que construir más iglús sea de ninguna utilidad.

–Cierto, no es útil para los perros, porque quizá tengamos que sacrificarlos. Pero hacerlo será de utilidad para los hombres. Construir esos iglús los mantendrá ocupados, con un objetivo muy preciso que cumplir. No olvides que siempre hay que mantener los ojos en el horizonte para no perder de vista la meta, a pesar de las dificultades. Hacia esa línea se avanza lentamente, paso a paso, y no a grandes saltos. Ahora mismo mi prioridad es mantener la disciplina y el orden, que todos se sientan útiles y que no tengan demasiados minutos para ocupar sus cabezas con oscuros pensamientos.

Worsley salió de la tienda admirado de la previsión y de la perspicacia de Shackleton, y siguió con el cometido que tenía encomendado: encaramarse a los témpanos más altos de hielo para vislumbrar indicios de superficies plateadas que anunciaran la presencia de mar abierto. Pero, por mucho que su vista de halcón se esforzara, solo veía hielo, bloques blancos e icebergs. Así, un día y otro y otro más...

Otra tarde, Shackleton llamó a Frank Hurley a su lado. Seguía en cama, aunque ya había empezado a salir de su tienda algunos ratos para pasear y animar a los marineros en sus tareas.

–Creo que deberíamos recuperar tus fotografías –le dijo.

Hurley tragó saliva y asintió. Recordaba perfectamente que los negativos se encontraban en el frigorífico de la nave, en una cámara que estaba hundida bajo metro y medio de hielo y agua. Junto con Wild y un par de hombres más, se acercaron al *Endurance*, del que apenas se veían los restos de la chimenea, los mástiles rotos y las cuerdas que colgaban aquí y allá, como las bambalinas de un teatro abandonado.

Cuando regresaron al campamento al cabo de un par de horas, Shackleton se alegró mucho al verlos cargados con las cajas de los negativos.

–La operación de rescate ha sido un éxito –le explicó el fotógrafo–. Aunque nos hemos tenido que introducir en la cámara con agua helada hasta el pecho, cortar las paredes del frigorífico y sacar las latas de ahí.

–Os felicito –dijo el jefe–. Ahora, id a la cocina de Green y que os dé un buen tazón de leche caliente. Os la merecéis. Esta noche lo celebraremos por todo lo alto.

Worsley, que estaba a su lado, lo interrogó con la mirada. Parecía que no comprendía nada.

–¿Qué te ocurre, capitán? –le preguntó Shackleton.

–¿Vamos a celebrar que han recuperado eso del barco?

–No, Worsley, eso no. Celebraremos que mantenemos la ilusión y las ganas de seguir luchando.

Shackleton estaba contento. No solo porque habían logrado recuperar todos los negativos del año que había durado la expedición, sino también porque habían demostrado que podían enfrentarse a cualquier adversidad y salir victoriosos. Fue a la improvisada cocina, donde los recién llegados bebían de sus tazones, y seleccionó ciento veinte fotos; luego destruyeron los cuatrocientos negativos restantes quemándolos en el horno.

–Así no tendremos tentaciones de regresar a buscarlos –dijo Shackleton mientras las fotos se consumían en el horno–. Ahora puedes conservar tu pequeña cámara Kodak de bolsillo y tres carretes de película para el resto de la expedición.

* * *

Habían pasado varias semanas en el campamento Esperanza cuando a Shackleton le empezó a preocupar la salud de los hombres. No todos los rostros tostados por el sol eran iguales. Cuando los miraba, veía que algunos tenían una piel fresca y sana. Otros, en cambio, la tenían llena de arrugas, especialmente en la comisura de los labios y alrededor de los ojos. La de otros estaba plagada de pequeñas ulceraciones con escamas blancas. Todos llevaban ahora largas y descuidadas barbas que los protegían del frío, ya que estaban todo el día a la intemperie. Algunos se lavaban la cara cada día con hielo y otros la dejaban sucia, pues tenían la teoría de que eso los defendía del frío.

Sin embargo, a pesar de las adversas circunstancias, algunos no perdían el buen humor. Macklin, después de las comidas, sabiendo que solo contaba con un húmedo saco para dormir en una tienda sucia y maloliente, decía a sus compañeros:

–Leí en alguna parte que todo lo que un hombre necesita para ser feliz es tener el estómago lleno y no pasar demasiado frío, y creo que es verdad. No hay preocupaciones, no hay trenes que puedas perder, cartas que haya que responder o facturas que pagar.

–Sí, es estupendo. ¿Verdad? Somos afortunados –decía Clark, siguiéndole la broma.

El 12 de noviembre hizo tanto calor que muchos hombres tomaron un baño en las aguas heladas y se dedicaron a tomar el sol. La temperatura continuó subiendo los días siguientes y Worsley repetía que podía ver cómo el hielo se convertía rápidamente en agua.

–Eso significa que deberíamos llegar a la isla a vela o remando en los botes.

Durante esos días se vieron obligados a sacrificar a los cuatro cachorros y a la *señora Chippy*, pues no podían alimentar bocas inútiles. Tampoco podrían navegar con ellos en los botes, dado el reducido espacio del que disponían. Fue un duro trance para muchos de los expedicionarios; Shackleton dio la orden con el corazón encogido.

El *Endurance* se hundió, definitivamente, el 21 de noviembre. La pérdida del velero fue tremenda, pues el barco representaba el único lazo con la civilización que habían dejado atrás. Esa noche Shackleton dispuso que se sirviera a los hombres un buen cocido de pescado y galletas, para hacerles olvidar el sinsabor del día.

La vida en el campamento empezaba a las seis y media de la mañana. Green tenía el desayuno preparado en la cocina que McNish había montado con restos de la caldera de la nave. Luego empezaba la jornada: algunos cazaban focas y otros cuidaban de los perros. Solo tenían un rifle para cazar y, cuando era posible, hacían este trabajo a mano. Se alimentaba a los perros a las cinco de la tarde, entre un infernal ruido de ladridos y chillidos. Finalmente, los hombres regresaban a las tiendas para leer o pasar el rato, hasta que llegaba la hora de dormir.

A Shackleton, que tenía su mente en el futuro, le preocupaba el frío que aún tenía que venir; por eso pensaba en dirigirse hacia el oeste, para acercarse más a las únicas islas a las que podían acceder, que se encontraban a cientos de kilómetros.

Para el 23 de diciembre empezó de nuevo la marcha que tenía que acercarlos a las islas. Shackleton dispuso que enterraran junto al *Endurance* una botella con una nota en la que se indicaba la posición a la que habían llegado y en la que se añadía escuetamente: «Todos bien».

Luego empezaron a andar hacia la derrota que había calculado el capitán Worsley con los mapas y el sextante.[40] Pero arrastrar los botes era algo tan duro que, tras contrastarlo con Wild, Shackleton decidió dejar el más frágil de los tres, el *Stancomb Wills*, junto con los restos del campamento que abandonaban.

---

40. El sextante es un instrumento que permite medir ángulos entre dos objetos tales como dos puntos de una costa o un astro, como el Sol, y el horizonte. Si se conoce la elevación del Sol y la hora del día, se puede determinar la latitud a la que se encuentra el observador mediante unos sencillos cálculos matemáticos.

Los hombres comandados por Shackleton avanzaban en grupos a una prudencial distancia unos de otros, por si se abría una brecha en los hielos. Al del jefe le seguían los trineos arrastrados por los perros; luego iba el trineo empujado por Green, el cocinero, y Orde-Lees quienes, por hacer la comida en la vetusta estufa, tenían la cara llena de mohín y parecía que fueran de color.

Los dos equipos de perros viajaban distanciados para evitar peleas entre ellos. Al final del grupo andaban los restantes diecisiete hombres al mando de Worsley, arrastrando los dos botes. Esta era una tarea penosa, pues podían arrastrar una embarcación unos doscientos metros y luego, mientras iban a por la otra, recuperaban el aliento. Al llegar hasta ellos, veían que los trineos sobre los que se deslizaban los botes se habían helado al contacto con el hielo; entonces Worsley los ponía a todos detrás de la barca y ordenaba empujar:

–¡Uno, dos y... tres!

Cuando lograban arrancar los trineos, los hombres los arrastraban unos doscientos metros hasta que caían rendidos, y vuelta a empezar.

Pocos días después de las segundas Navidades en el hielo –de las que ninguno cayó en la cuenta–, McNish sufrió un ataque de melancolía y se negó a obedecer las órdenes de Worsley.

–¡No pienso dar un paso más! –gritó al capitán–. ¡Ya no estamos en el barco y mi contrato ha finalizado! ¡No le debo ninguna obediencia!

Tuvo que personarse el mismo Shackleton para hacerle entrar en razón, quien vio que el carpintero había llegado al límite de sus posibilidades psíquicas. El hombre estaba desmoronado por completo.

–¡Ya no le debo ninguna obediencia al capitán! –le arguyó también a Shackleton cuando lo apartó del grupo para hablar con él–. Mi contrato finalizaba cuando el barco tocara puerto.

–Mira, McNish –le dijo el jefe sin pestañear–. Te recuerdo que firmaste un contrato que especificaba que debías cumplir con lo que yo te indicara en el barco o en el puerto. Y para mí –le dijo Shackleton con palabras ásperas y fuertes para que todos lo oyeran–, estamos en el puerto. Hasta que yo no lo ordene, esta misión no habrá finalizado. ¿Entendido?

Worsley, que estaba muy molesto con el carpintero, se acercó al jefe y le sugirió al oído:

–¿No sería prudente castigarle un poco más severamente?

–No, Frank –le replicó Shackleton–. Una cadena se rompe siempre por el eslabón más débil y, si eso sucede, entonces toda ella queda inservible. McNish es ahora un eslabón frágil y yo necesito a todos y cada uno de los hombres hábiles. Esto ha sido una debilidad, pero hay que tener en cuenta las circunstancias. No son las mejores para juzgar a un hombre. A McNish lo necesito como al resto. Ahora mismo somos más que un equipo; somos una familia.

–¿Una familia? –se extrañó el capitán.

–Sí, Frank. ¿Dónde crees que he aprendido a conducir equipos de hombres? ¿En la Antártida? –se rio.

–Pues no tengo ni idea –le confesó Worsley.

–Ya te dije que aprendí cuando era un chico y llevaba a mis nueve hermanos de excursión por los campos, en Irlanda. Aprendí que, tras una larga caminata, los más pequeños no podían seguir el ritmo de los mayores y que unos debíamos cargar con otros porque, como comprenderás, era impensable regresar a casa sin alguno de ellos.

Worsley se quedó pensativo y McNish regresó a la rutina, pero con cara de amargura. Shackleton se quedó muy preocupado, pues a esta pequeña insubordinación podían seguirle otras, lo cual sería un desastre para el grupo entero, que caería irremisiblemente en la locura del hielo. Por eso optó por acelerar la marcha tras conceder una hora de descanso.

Él se adelantó con Hurley y su grupo para ver qué había más adelante. Avanzaron unos tres kilómetros y desde lo alto de un pequeño iceberg vieron que, a 1,6 km, se abría una llanura llena de agua que resultaba imposible de cruzar. Decidieron hacer noche en una de las placas que les parecieron más sólidas y gruesas, aunque sabían que el hielo podía partirse en cualquier momento. Estaban en el último día de 1915 y no sabían si verían empezar el nuevo año.

9. El campamento Paciencia

Los hombres de la expedición estaban derrengados tras el titánico esfuerzo de cruzar el desierto helado en busca de un mar que no aparecía por ningún lado. Llevaban semanas arrastrando los pies y comiendo mal. Sus rostros estaban hundidos y sus miradas eran titubeantes e inseguras.

Montaron un nuevo campamento en mitad de los hielos, en un lugar que no estaba exento de peligros. Una mañana que Orde-Lees regresaba con sus esquís de cacería, vio que una enorme cabeza salía de un agujero en el hielo: era una inmensa foca leopardo con las fauces abiertas.[41]

---

41. Este animal es grande y musculoso. Su espalda y su cabeza son de color gris oscuro y su vientre, gris claro. La parte central de su cuello es blanquecina, con puntos negros que se extienden por el pecho; de ahí su nombre. Su cabeza es cuneiforme; su hocico es rasgado y tiene el cuello relativamente largo.

El hombre se impulsó con los palos lo más rápidamente que pudo hacia las tiendas.

–¡Wild! –chilló–. ¡Wild! ¡El rifle!

La bestia dio unos saltos. Estaba a punto de cogerlo pero se zambulló en el agua. El marinero alcanzó el otro borde del bloque de hielo y entonces el leopardo marino salió de nuevo frente a él. Había seguido su sombra por debajo del agua y había roto la placa de hielo. La bestia rugió y lo mismo hizo Orde-Lees, que se dio media vuelta pidiendo ayuda. De nuevo empezó la persecución en sentido inverso, pero entonces apareció Wild con el fusil y, cuando el animal lo vio, fue directo hacia él, agitando sus grandes zarpas. El segundo en el mando disparó una y otra vez hasta que la foca leopardo cayó muerta cerca de sus pies. Fueron necesarios dos equipos para trasladarlo al campamento. Medía cuatro metros y pesaba unos quinientos kilos.

Pronto, los hombres y los perros dieron cuenta de la foca, por lo que las provisiones descendieron de nuevo de modo alarmante. No les quedaba más opción que esperar en ese nuevo campamento, aguardar a que los hielos los dirigieran más al norte, hacia las islas, y, en el momento en que se abrieran los hielos, navegar hacia tierra firme.

* * *

Para el 13 de enero corrió el rumor de que Shackleton pensaba sacrificar a los perros que quedaban para que les sirvieran de comida. Esta fue una pésima noticia, porque los expedicionarios querían mucho a los animales. Sin embargo, al día siguiente, el jefe no dijo nada del asunto. A primera hora, cuando se reunían todos alrededor del horno de Green para tomar la leche, solo ordenó desmontar el campamento.

–Este bloque –les dijo– se está partiendo; es mejor buscar un lugar más adecuado donde plantar las tiendas.

Los hombres construyeron un puente con bloques de hielo y nieve para trasladarse un poco más al sur, a un terreno más consistente, al que llamaron campamento Paciencia. Allí, esa misma tarde, en voz baja, Shackleton ordenó a Wild y a Crean matar a su equipo de perros.

–Sé que seré impopular –les dijo– y odio tener que hacerlo, pero he de tomar medidas drásticas si queremos que haya víveres para todos.

Sabían que alimentar a los perros supervivientes exigía gastar una enorme cantidad de comida a diario. Los dos hombres bajaron la cabeza resignados y se alejaron del resto medio kilómetro. Desde allí se oyeron unos disparos secos y ambos regresaron media hora más tarde sin los perros. A la mañana siguiente, y a pesar de haber cazado tres focas, Wild ejecutó a otro equipo de perros, que incluía al de mayor tamaño, llamado *Shakespeare*, al que todos habían tomado mucho afecto porque era un animal grande, leal y valiente.

El capitán Worsley comprobaba a diario que los vientos los iban acercando poco a poco al oeste. Después de permanecer una semana en ese nuevo campamento, midió con el sextante y verificó que habían recorrido casi cien kilómetros.

* * *

Para el 30 de enero, tras llevar un mes instalados en el gran témpano que les servía de hogar y sufrir una horrorosa tormenta de nieve, Shackleton decidió enviar a un equipo de hombres al campamento anterior para rescatar lo que hubiera de valor en él. Crean se encargó de liderar el equipo; con seis hombres rehízo los kilómetros que habían recorrido y al llegar al barco vio que ya quedaba muy poco de él. El hielo se lo había tragado casi por completo. No obstante, el grupo regresó al campamento cuarenta y ocho horas después con un preciado tesoro: la tercera barca, la Stancomb Wills. Los hombres los recibieron con hurras.

–¡Me alegro mucho! –les felicitó el jefe cuando los vio regresar arrastrando el bote–. Hubiera sido imposible para los veintiocho emprender un viaje por mar únicamente con dos botes. Con los tres tendremos más posibilidades. Debéis estar agotados, le diré a Green que os traiga algo de cena; será mejor que vayáis a la tienda a descansar.

A mitad de febrero y sin haber cazado, las reservas de combustible y de carne descendieron mucho una vez más, de modo que no pudieron tener la prometida comida para el día del cumpleaños del jefe, que celebraron el 15 de ese mes.

–No importa –se rio Shackleton sonoramente–; puedo soplar las velas de un filete de foca.

Los vientos helados llegaban desde direcciones distintas cada nueva jornada y el paisaje que les regalaba la Antártida era también diferente cada nuevo día. El aire, al rozar el hielo, silbaba de un modo si se trataba de un gran bloque y de otro si el iceberg estaba cubierto de nieve. Las olas y la bruma daban un color distinto al hielo cada día, pero miraran donde miraran, la luz era cegadora.

Día tras día, veían que el hielo flotaba en el agua como blancos tropezones en una sopa. Los témpanos tenían dientes afilados como los cuchillos de un carnicero. Bajo los icebergs, el agua era blanca por los reflejos del sol en la superficie helada y, si la tocaban, tenían la sensación de que les mordía los dedos. Shackleton se daba cuenta de que las miradas de los hombres eran tristes, los rostros, desanimados, pero ni una expresión de queja brotaba de sus labios.

Dos días más tarde, sin apenas combustible, alguien vio una docena de pingüinos que tomaba el sol a poca distancia del campamento. Lograron cazar diecisiete; antes de que cayera la noche, el número se había elevado a casi setenta.

Tras dos jornadas de intensa tormenta durante las cuales no salieron de las tiendas, al amanecer de la tercera vieron cientos de pingüinos en el hielo. Los hombres salieron de cacería entusiasmados.

–Hemos cazado más de trescientos –informó Wild exultante al regresar con el fusil aún humeante.

–Muy bien, Frank –le felicitó el jefe–; eso quiere decir que han desaparecido los problemas de suministro para una buena temporada.

* * *

Las reservas duraron unas semanas, pero empezaron a escasear a inicios de marzo, cuando oyeron por primera vez el rugido de las olas del océano, que rompían cerca y partían los bloques de hielo. Eso renovó las esperanzas de encontrar pronto mar abierto. Para mediados de mes se habían agotado las existencias de harina, té y café. A finales de mes no tuvieron más alternativa que reducir las raciones. Además, Green era el único que tenía permiso para usar combustible para cocinar. Si un hombre tenía sed, debía descongelar hielo en una petaca o pitillera que pegaba a su cuerpo durante horas. Puesto que estaban casi sin comida y no aparecían pingüinos ni focas, el 2 de abril se decidió sacrificar al restante grupo de perros. Wild y Green, el cocinero, se encargaron de ello.

La escasez de provisiones, las largas marchas por la nieve y la sensación de estar abandonados, había hecho mella en el humor de muchos hombres. El viento y el hielo hacían que los ojos les lloraran abundantemente y las lágrimas formaban pequeñas estalactitas en sus narices.

A decir verdad, no se sabía si lloraban por el frío o por el desconsuelo. Al arrancárselas, aun haciéndolo con sumo cuidado, arrastraban pequeñas tiras de piel que dejaban heridas perennes en los labios y en la cara.

Una mañana, a la hora del desayuno, dos de los científicos, Clark y Macklin, discutieron acaloradamente. El primero empujó al segundo sin querer, mientras hacían cola para el tazón de leche.

–¿Tienes mucha prisa? ¿Vas a alguna parte? –le preguntó el médico muy enojado.

–No me importunes, Macklin –le respondió Clark de malos modos–. Yo estaba primero; he ido a la tienda a recoger mi tazón.

–Pues te pones a la cola como todo el mundo, no te las des de señorito. ¡Nos ha fastidiado el señorito!

Luego Macklin dio un empujón a Clark, que se giró con violencia y con tan mala fortuna que golpeó a Green, y su tazón lleno de leche caliente cayó al suelo. El cocinero estaba desolado, pues la leche era la única bebida apetitosa del día. Algunos acusaron a Clark y hubo gritos entre ellos. Como Green estaba a punto de llorar, Clark vertió un poco de su leche en su taza y lo mismo hicieron los otros miembros de esa tienda: Worsley, el mismo Macklin, Rickinson y Kerr, hasta que el tazón de Green quedó lleno de nuevo. Shackleton presenció el sencillo acto en silencio. No dijo nada, pero su corazón se llenó de orgullo al ver a esos hombres que, entre tantas penalidades, daban tal muestra de generosidad.

Frank Wild no se perdió el suceso; aunque tampoco dijo nada, tuvo la seguridad de que esos mismos hombres, sin el ejemplo de un jefe como Shackleton, se habrían liado a puñetazos en ese momento. Que hubieran decidido compartir su tazón de leche, concluyó, se debía al ejemplo que el jefe les había dado desde que zarparon de Londres.

* * *

A medida que el hielo los desplazaba al norte, la placa de hielo se volvía más frágil y se deshacía por la subida de las temperaturas del mar. Una madrugada, Orde-Lees estaba de guardia cuando oyó un ruido seco bajo sus pies; no pudo hacer nada más que gritar para despertar al campamento:

−¡Grieta! ¡Una grieta!

Todos salieron inmediatamente de las tiendas y vieron dos grandes roturas en el hielo. Orde-Lees, Clark, Bakewell y Rickinson se lanzaron hacia una de las dos placas en las que se había dividido el campamento para coger la comida; otros se apresuraron a desmontar las tiendas y a montar todo lo útil en los trineos para alejarlos de allí.

Una hora más tarde, con todo a salvo, empezaban a desayunar cuando otra inmensa grieta se abrió bajo el bote *Caird* a pocos metros de las tiendas. Era tan grande que el mismo *Endurance* se hubiera colado fácilmente por ella. Wild y Worsley se abalanzaron hacia el bote para llevarlo más cerca y siguieron tomando su exiguo desayuno a base de *pemmican*[42] de perro, azúcar y medio tazón de leche.

Apenas habían acabado cuando una figura oscura apareció entre la niebla en el vértice del hielo. Wild corrió a coger el rifle y, tras varios disparos, abatió a la bestia, que cayó pesadamente en el hielo. Era otro leopardo marino de casi cuatro metros de largo. Eso significaba más de mil kilos de comida para la despensa y combustible para unas dos semanas. Al abrirlo, descubrieron, además, que en su estómago había más de cincuenta pescados sin digerir. Tras las buenas noticias, llegaron las malas; Shackleton susurró al doctor Macklin:

—Me temo que ha llegado la hora de sacrificar a tus perros. No podemos alimentarlos.

El doctor lo miró entristecido, pero no sintió rencor alguno. Comprendía que la decisión se debía a la necesidad, no al capricho. Y, si tenían que navegar hacia las islas, era imposible llevar a los perros. Wild lo ayudó en el cometido y luego prepararon la carne para que sirviera de comida.

---

42. Se trata de una comida concentrada que está formada por una masa de carne seca pulverizada, que se mezcla con vegetales y grasas. La carne seca aporta proteínas y las bayas, vitaminas. Al mezclar estos ingredientes, resulta una especie de pasta que no se enmohece. Si se envasa, el *pemmican* se puede almacenar durante largos períodos de tiempo. Los nativos de Norteamérica inventaron esta comida, que después utilizaron los exploradores árticos y antárticos.

Este asunto también preocupaba a Shackleton: los hombres comían casi cada día lo mismo. Así que una tarde fue a la cocina, donde Green estaba cortando una foca en filetes, y le dijo:

–¿Qué podemos hacer para que los hombres encuentren las comidas más sabrosas?

–No sé, jefe –le respondió Green cuchillo en mano y con la cara llena de humo–. La verdad es que no hay muchas posibilidades.

–¿Puedes inventarte algunas salsas, por ejemplo?

–Lo intentaré.

–Gracias. Eres un tipo muy competente. ¿Sabes? Creo que es importante. Eso levantará la moral de la tripulación.

Además de unos pequeños retoques en los menús, al jefe se le ocurrió que cada día alguien se inventara un menú al estilo de: *soufflé* de foca con salsa de emperador o bocaditos de león marino a la *Endurance*. Esto, al menos, provocaba una sonrisa en los hombres que lo leían a media mañana, colgado en el poste de la tienda que hacía las veces de cocina.

–Mmm... Esto tiene buena pinta –decía Shackleton al grupo de hombres que leían atentos el menú del día–. Me pregunto cómo se las arreglará Green para que comamos mejor que en el Maxim's[43] de París.

43. Este restaurante era uno de los principales que estaban de moda en París a inicios del siglo xx.

Poco a poco, los hielos los llevaban al norte y aumentó la presencia de aves como cormoranes, grandes petreles[44] y albatros.

–Esto indica que el mar abierto está cerca –dijo Worsley, ilusionado, a un grupo de marineros para animarlos–. Estas aves pescan directamente en el agua.

Como la abertura al mar se ensanchaba por momentos, Shackleton ordenó que se hicieran guardias para cuando llegara el momento en que el gran lago donde flotaba su témpano se convirtiera en mar. Sin embargo, a la alegría de encontrar pronto mar abierto se unió el sufrimiento por la rotura de la placa en la que estaba el campamento. Esa madrugada, el vigía dio otra vez la señal de alarma. Esta vez, el hielo se rompió a dos palmos de la tienda del grupo de Wild y tuvieron que trasladarlo de nuevo en mitad de la fría noche.

* * *

El día 3 de abril estaban celebrando el cumpleaños del marinero McLeod, cuando otro leopardo marino, en busca de comida, se subió al témpano en el que estaba asentada la expedición.

–¿Qué hace, McLeod? –chilló uno de los hombres.

44. Algunas de estas aves son similares a los albatros por la gran envergadura de sus alas. Tienen plumas negras u oscuras.

Al marinero no se le había ocurrido nada mejor que imitar los movimientos de un pingüino, lo que pareció convencer al animal, que saltó corriendo para capturarlo. McLeod dio un salto hacia atrás y el leopardo marino se quedó extrañado al ver al grupo que compartía el desayuno junto a un improvisado horno humeante. Su retraso en atacar fue fatal, porque Wild ya había salido de la tienda con el rifle cargado y, en un momento, la expedición sumó mil kilos más de carne fresca a su despensa. Con los estómagos llenos, los hombres podían enfrentarse al peligro con más optimismo.

La placa que semanas antes medía más de dos kilómetros de diámetro, ahora alcanzaba solo ciento cincuenta metros. Apenas había espacio para las tiendas o los botes, pero todavía no podían salir a mar abierto, pues el riesgo de que los icebergs se partieran encima de los botes era muy elevado.

En las zonas en que se abrían vetas de agua, veían que las ballenas seguían rondando entre el hielo. De noche podían oír sus agudos chillidos y, de vez en cuando, un chorro de vapor emergía del hielo, allí donde lo habían roto. Incluso una tarde vieron la cabeza de una orca asomarse a la placa.

Al día siguiente, Shackleton se levantó de madrugada y se alejó del campamento para esperar la salida del sol. En mitad de la bruma, a lo lejos, vio algo negro y regresó corriendo para despertar a Worsley.

–¡Tierra! –gritó excitado como un niño.

Ambos corrieron hasta el extremo del bloque en que estaba instalado el campamento y la vieron claramente. Era exactamente una de las llamadas islas del Peligro, que estaba a unos sesenta kilómetros. Entonces supieron que entre ellos y el maldito y peligroso cabo de Hornos,[45] y el aún más temido pasaje de Drake,[46] estaban la isla Clarence y la isla Elefante,[47] llamada así porque su silueta en los mapas recuerda la cabeza de este paquidermo.

Sin embargo, enseguida se vieron envueltos por una espesa niebla y dejaron de avistarla. Dos días más tarde, el 6 de abril, el día se aclaró un poco y en la lejanía pudo verse un gran iceberg cubierto de nubes.

---

45. Este es el nombre que recibe el cabo más austral del archipiélago de Tierra de Fuego, en el sur de Chile, considerado tradicionalmente como el punto más meridional de América. Este cabo marca el límite norte del pasaje de Drake que separa América de la Antártida y une el océano Pacífico con el océano Atlántico. Durante muchos años, el cabo de Hornos fue uno de los hitos principales de las rutas de navegación de embarcaciones a vela que comerciaban alrededor del mundo, aun cuando sus aguas son particularmente peligrosas, debido a sus fuertes vientos y oleaje, y a la frecuente presencia de icebergs.

46. Las aguas del pasaje de Drake son famosas porque son muy tormentosas, con frecuentes olas de más de diez metros. El pasaje se localiza entre los 56° y los 60° de latitud sur. El temor que despierta ha suscitado leyendas y refranes marineros, como el que dice: «Debajo de los cuarenta grados, no hay ley. Debajo de los cincuenta grados, no hay Dios».

47. Esta isla es la más boreal de las islas Shetland del Sur, en la Antártida. Con la isla Clarence y otras islas e islotes, forman el grupo llamado en la cartografía chilena islas Piloto Pardo. La isla está casi completamente cubierta de glaciares y tiene una elevación máxima de 852 metros en el cordón Pardo. Destacan el cabo Yelcho al noroeste, el cabo Lindsey al oeste, el cabo Lookout al sur y el cabo Valentine al este. La punta Wild se encuentra en la costa norte de la isla. Las costas son muy abruptas y de muy difícil desembarco.

–¡Eso no es un iceberg! –exclamó Worsley–. ¡Es la isla!

Los hombres se miraron entusiasmados. Sí, parecía una isla, pero... ¿Cuál? Daba igual, porque la cantidad de petreles y de albatros surcando el cielo era cada vez mayor.

–Eso significa que la corriente nos acerca a tierra firme –dijo excitado Worsley a Shackleton.

Tras las mediciones, el capitán llegó a la conclusión de que estaban a unos pocos kilómetros de la isla Clarence y de que a su izquierda podían intuirse los picos de la isla Elefante. Así que, una vez desechadas las opciones de la isla Decepción y la Paulet, la providencia los llevaba hacia isla Elefante.

EXPEDICIÓN A LA ANTÁRTIDA
Notas del explorador

¿Quiénes somos?

Yo, **SIR ERNEST SHACKLETON**

Soy el líder de la expedición. Nací en Irlanda en 1874 y era el segundo hijo, el mayor de los chicos, de diez hermanos. Estudié en el Dulwich College. Con diecisiete años ingresé en la marina mercante, con la que llevé a cabo múltiples viajes a bordo de un velero inglés. A los veinte años era teniente y a los veinticuatro, capitán. En 1901 embarqué por primera vez con Scott destino a la Antártida. En noviembre de 1902, alcanzamos los 82° 16' sur, el punto más austral alcanzado por el hombre hasta el momento. Pero enfermé de escorbuto, por lo que tuve que regresar a Inglaterra. Años más tarde organicé mis propias expediciones; la más reconocida es la que emprendí en el *Endurance* entre 1914 y 1916.

Esta foto es de la expedición Nimrod, en 1909.

THOMAS CREAN

El amigo Tom nació en Annascaul, Irlanda, en 1877 y se distinguió como explorador antártico. Era un marino dotado de una gran fuerza, tanto corporal como mental. Ingresó en la *Royal Navy* cuando tenía quince años, mintiendo sobre su edad para ser admitido. Participó en tres de las más importantes expediciones británicas a la Antártida: la expedición Discovery (1901), la expedición Terra Nova (1911-1913), dirigida por Robert Falcon Scott, y la expedición Transantártica.

¡Ahí le tenemos ejerciendo de padre de los cachorros que nacieron en el hielo!

Tom con unos cachorros huskies. Son los cachorros de *Rally* y *Samson*: *Roger, Nell, Toby* y *Nelson*, que nacieron durante la expedición.

LA RUTA PREVISTA Y LA RUTA REAL

La Antártida es el continente que se encuentra más al sur del planeta. No está habi
tado y no hay plantas; la superficie es una gruesa capa de hielo.

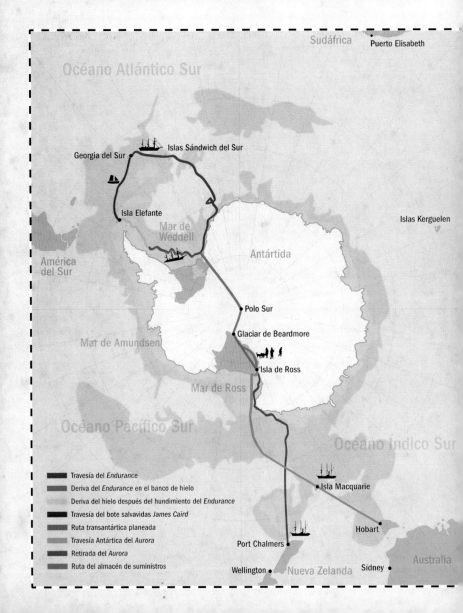

Sudáfrica • Puerto Elisabeth

Océano Atlántico Sur

Islas Sándwich del Sur

Georgia del Sur

Isla Elefante

Mar de Weddell

Antártida

Islas Kerguelen

América del Sur

Polo Sur

Mar de Amundsen

Glaciar de Beardmore

Isla de Ross

Mar de Ross

Océano Pacífico Sur

Océano Índico Sur

Isla Macquarie

Hobart

Port Chalmers

Wellington • Nueva Zelanda

Sídney •

Australia

- Travesía del *Endurance*
- Deriva del *Endurance* en el banco de hielo
- Deriva del hielo después del hundimiento del *Endurance*
- Travesía del bote salvavidas *James Caird*
- Ruta transantártica planeada
- Travesía Antártica del *Aurora*
- Retirada del *Aurora*
- Ruta del almacén de suministros

deamos la expedición con dos barcos. El *Endurance* tenía que navegar desde el
helado mar de Weddell hasta la costa Antártica. Una vez allí, unos cuantos hombres debíamos atravesar el continente, pasar por el Polo Sur, hasta el mar de Ross,
donde debía esperarnos el *Aurora*.

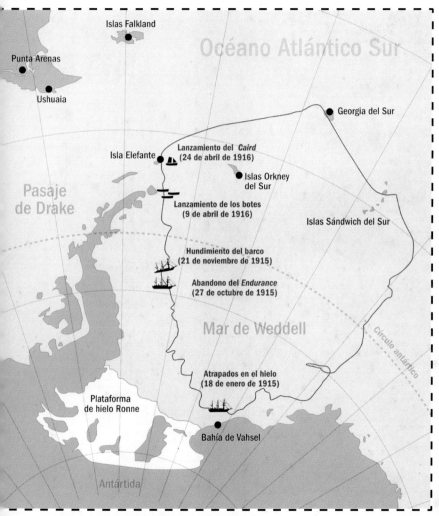

Islas Falkland

Océano Atlántico Sur

Punta Arenas

Ushuaia

Georgia del Sur

Lanzamiento del *Caird*
(24 de abril de 1916)

Isla Elefante

Islas Orkney
del Sur

Pasaje
de Drake

Lanzamiento de los botes
(9 de abril de 1916)

Islas Sándwich del Sur

Hundimiento del barco
(21 de noviembre de 1915)

Abandono del *Endurance*
(27 de octubre de 1915)

Mar de Weddell

Círculo antártico

Atrapados en el hielo
(18 de enero de 1915)

Plataforma
de hielo Ronne

Bahía de Vahsel

Antártida

En el mar de Weddell existe una corriente circular constante, de manera que las placas de hielo no permanecen inmóviles, sino que se desplazan. Cuando el *Endurance*
quedó atrapado en la corriente, no tuvo otra salida que dejarse llevar por la deriva
del hielo hacia el norte.

El *Endurance*

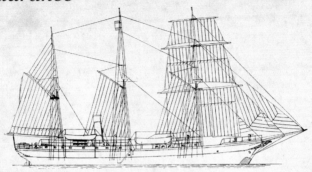

El barco escogido para ir a la Antártida había sido construido en los astilleros no ruegos. Lo bauticé como *Endurance* ('Resistencia'), porque el lema de mi familia era *By Endurance We Conquer* ('Si resistimos, vencemos').

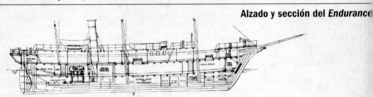

Alzado y sección del *Endurance*

El sextante

Es el instrumento que ha reemplazado al astrolabio y que nos permite ubicarnos en el mar. El nombre de *sextante* proviene de la escala del instrumento, que abarca un ángulo de sesenta grados (un sexto de un círculo completo). Durante siglos fue un instrumento de gran importancia para la navegación marítima, hasta que en las últimas décadas del siglo XX se impusieron sistemas más modernos, como la determinación de la posición mediante satélites.

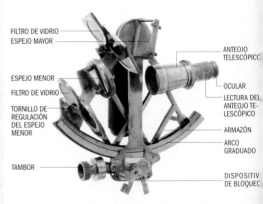

FILTRO DE VIDRIO
ESPEJO MAYOR

ANTEOJO TELESCÓPICO

ESPEJO MENOR
FILTRO DE VIDRIO

OCULAR

LECTURA DEL ANTEOJO TE-LESCÓPICO

TORNILLO DE REGULACIÓN DEL ESPEJO MENOR

ARMAZÓN

ARCO GRADUADO

TAMBOR

DISPOSITIVO DE BLOQUEO

El *Endurance* quedó atrapado en el hielo y todos los hombres de la tripulación, yo el primero, trabajamos de lo lindo, con picos y palas, para abrir brechas en el hielo. A pesar de todo, el barco no se movió ni un centímetro.

Todos intentamos desesperadamente romper el hielo con picos, pero el barco, definitivamente helado, se partió.

Esta es la tripulación del *Endurance*

Sir Ernest Henry Shackleton
Jefe. Teniente RNR. Tripuló el *Caird*.

Frank Wild
Subjefe.
Capitán de fragata RAN.

BERGANTÍN *ENDURANCE*:

Frank A. Worsley
Comandante. Capitán de fragata RNZN. Tripuló el *Caird*.

Lionel Greenstreet
Primer oficial

Thomas Crean
Segundo oficial. Capitán RN. Tripuló el *Caird*.

Alfred B. Cheetham
Tercer oficial

Hubert T. Hudson
Piloto

Louis Rickinson
Primer maquinista

A. J. Kerr
Segundo maquinista

William Bakewell
Marinero

Walter How
Marinero

Tim McCarthy
Marinero. Tripuló el *Caird*.

Thomas F. McLeod
Marinero

John Vincent
Marinero. Tripuló el *Caird*.

Ernest Holness
Fogonero

William Stevenson
Fogonero

Harry McNish
Carpintero. Tripuló el *Caird*.

Charles J. Green
Cocinero

Perce Blackborow.
Camarero. Polizón, que embarcó en Buenos Aires.

PLANA MAYOR CIENTÍFICA:

James M. Wordie
Geólogo. Jefe de la plana mayor científica.

Robert S. Clark
Biólogo

Leonard D. A. Hussey
Geofísico. Meteorólogo.

Reginald W. James
Físico

Alexander H. Macklin
Cirujano

James A. McIlroy
Cirujano

George E. Marston
Artista. Dibujante y pintor.

James Francis (Frank) Hurley
Fotógrafo

Thomas H. Orde-Lees
Experto en motores

Samson, uno de los perros, fotografiado a la entrada de su casita helada.

Los perros

La expedición cuenta con 69 perros que viajan en unas jaulas situadas en la cubierta del *Endurance*. Estos perros son una mezcla de razas que resisten bien las bajas temperaturas. Cuando el *Endurance* se ha atascado, les hemos construido iglús, para que salgan de las jaulas y se puedan mover con mayor libertad. En estas situaciones tan extremas, los hombres sienten mucho cariño por estos animales; no sé qué pasará si tenemos que terminar sacrificándolos, porque no podemos alimentarlos o porque no podrán viajar con nosotros en los botes. Sería otro duro golpe para los expedicionarios.

Los campamentos

Una vez perdido el *Endurance*, hundido en el hielo, hemos tenido que montar varios campamentos para poder sobrevivir. Estos campamentos se componen de las tiendas –donde dormimos– y una cocina, hecha con restos de la caldera del buque. A medida que las placas de hielo se rompen, tenemos que recoger el campamento e instalarlo de nuevo en otra placa. Los campamentos reciben nombres como: Océano, Esperanza, Paciencia...

Frank Hurley y yo mismo en un campamento.

Atrapados en el hielo

El 21 de noviembre de 1915 el *Endurance* se ha hundido en el hielo para siempre. En medio de un gran estruendo, ha desaparecido engullido por el hielo. Este ha sido un duro golpe porque ha sido nuestro hogar hasta ahora.

El australiano Frank Hurley, que fue contratado para sacar fotografías y rodar una película con la aventura de la expedición, lo fotografía todo; si se salvan, estas imágenes serán el mejor testimonio gráfico de los dos años de los hombres del *Endurance*.

Frank Wild, ante los restos del *Endurance* **en el mar de Weddell.**

Al fondo, el *Endurance* **antes de hundirse totalmente**

Los botes

Una vez perdido el *Endurance*, debíamos salvar los botes si queríamos salir con vida. Son botes balleneros y cuando nos trasladamos de campamento se tienen que arrastrar por la nieve. Esta tarea nos representa semanas de duro trabajo. Contamos con tres botes: el *Wills*, el *Docker* y el *James Caird*. Con este último tenemos previsto partir de isla Elefante en busca de ayuda a las islas de Georgia del Sur, con seis hombres de tripulación, que tendremos que atravesar mil quinientos kilómetros de mar tempestuoso.

**La tripulación del *Endurance*
que se salvó definitivamente en 1916.**

_os miembros de la expedición arrastrando
una barca por la nieve._

La fauna de la Antártida

Entre las distintas especies con las que hemos convivido y de las que nos hemos alimentado, hay ballenas, orcas, focas, pingüinos, albatros y cormoranes; todas ellas son especies típicas de las aguas de la Antártida. Durante más de un año nuestra alimentación se ha limitado a focas, pingüinos, algún leopardo marino y el poco de pescado que hemos encontrado en el vientre de alguno de estos animales.

pájaros, que no pueden volar, son magníficos nadadores. Solo hay pingüinos en el hemisferio sur: en las islas Galápagos, en la costa de la Patagonia y en África del Sur, en las islas subantárticas, y en la Antártida.

Hubert Hudson con dos crías de pingüino.

Las ballenas

Lo que conocemos como *ballenas* es un conjunto de cetáceos (mamíferos que viven en el mar), grupo con mucha variedad de especies. Algunas son propiamente ballenas, otras son simplemente similares.

Las focas

Las focas también son mamíferos (como las ballenas) un poco especiales, ya que buena parte de su vida tiene más relación con el agua que no con la vida terrestre. Y como sucede con las ballenas, no todo son exactamente focas: hay leones marinos, leopardos marinos, etc.

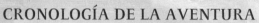

CRONOLOGÍA DE LA AVENTURA

JULIO DE 1914	5 DE DICIEMBRE DE 1914	7 DE DICIEMBRE DE 1914	19 DE ENERO DE 1915	27 DE OCTUBRE DE 1915	21 DE NOVIEMBRE DE 1915
Zarpamos de Plymouth	Salimos de Grytviken, en Georgia del Sur	Entramos en la banquisa de hielo	El *Endurance* queda atrapado en el hielo	La tripulación abandona el *Endurance*	El *Endu* se hun
Primer día	3 meses y 27 días	3 meses y 29 días	5 meses y 10 días	14 meses y 19 días	15 mes y 13 dí

Los náufragos en el mar de hielo. Frank Wild y yo mismo, a la izquierda de la foto, en el campamento Océano.

	14 DE ABRIL DE 1916	24 DE ABRIL DE 1916	10 DE MAYO DE 1916	20 DE MAYO DE 1916	30 DE AGOSTO DE 1916
amos tes r	Atracamos en isla Elefante	Sale el *James Caird*. Los veintidós hombres restantes acampan en la isla Elefante	El bote *Caird* llega a Georgia del Sur	Yo, Shackleton, Crean y Worsley llegamos a Stromness	La *Yelcho* llega a la isla Elefante. Los náufragos son rescatados
es a	20 meses y 6 días	20 meses y 16 días	21 meses y 2 días	21 meses y 12 días	24 meses y 22 días

Después de la Antártida

Cuando Shackleton regresó de la Antártida, en mayo de 1917, se encontró Inglaterra y Europa sumidas en plena Primera Guerra Mundial. Era demasiado viejo para ser reclutado y sufría una disfunción coronaria, pero aun así se ofreció como voluntario para ir al frente de Francia. En su lugar, lo enviaron en misión de propaganda a América del Sur y, más adelante, a Noruega, donde sufrió un ataque al corazón y tuvo que regresar a Inglaterra. Aún fue a Rusia, en una expedición militar, antes de que se firmara el armisticio en noviembre de 1918. Shackleton volvió a casa y publicó *South* (Sur), el libro en el que narra la expedición del *Endurance*.

A pesar de todo lo que había vivido en la Antártida, Shackleton decidió volver allí. Así que el 17 de septiembre de 1921 inició otra expedición, que se llamó Quest ('Investigación'), como el barco que los llevó. Le acompañaban Frank Wild, Thomas Crean y Frank Worsley, el capitán. Volvieron a Georgia del Sur, aunque Shackleton no pasó de ahí, ya que el 5 de enero de 1922 murió de un ataque al corazón. Y descansa para siempre en Grytviken, a las puertas de la Antártida.

10. La travesía del *Caird*, el *Wills* y el *Docker*

Esa misma noche, sobre las siete de la tarde, el hielo volvió a partirse bajo el bote *James Caird*. Worsley estaba de guardia y, cuando gritó, todos salieron de las tiendas para rescatar la barca antes de que cayera en la abertura que se había ensanchado por momentos. La situación se hizo tan desesperada que Shackleton, temiendo lo peor, ordenó al grupo:

–¡Recoged las tiendas y preparad los botes!

Todos se pusieron a sus tareas de inmediato. Cargaron los botes con la comida, las tiendas y el resto del material, y los llevaron hasta los bordes del témpano. Otra grieta se abrió en ese momento con un ruido ensordecedor, esta vez justo debajo del lugar que momentos antes ocupaba la tienda del jefe. La placa de hielo en la que estaban se estaba rompiendo y reduciendo drásticamente.

El campamento Paciencia, donde habían permanecido varias semanas, desaparecía bajo sus pies.

Entonces Shackleton siguió el consejo de Worsley y tomó la decisión de echar las chalupas al mar. Sabía que no habría vuelta atrás. A la hora de la cena, que tomaban, como todos los días, en pequeños grupos en el interior de las tiendas, el jefe se sentó junto a Wild, que le preguntó:

–¿Cómo lo ves?

–No lo sé, Frank –le confió Shackelton–. Quizá sea una idea alocada, pero es la única decisión que podemos tomar. El *Endurance* se hundió, pero nosotros no nos hundiremos. Si es necesario, llegaremos a Inglaterra remando en estos botes.

–No tengo ninguna duda de que lo haremos en caso de necesidad –sonrió Wild.

Los dos se rieron y continuaron comiendo el bistec de foca y bebiendo los últimos restos de café. Tras la breve cena, Shackleton dio la orden de poner rumbo a las islas. Los hombres entraron por primera vez en los botes y se acomodaron como pudieron en el reducido espacio. Luego, excitados por el cambio de planes, empujaron los remos contra el hielo y las tres barcas empezaron a navegar en el mar por primera vez en muchos meses. Se animaron unos a otros e incluso hubo algunas riñas por ver quién empuñaba los remos en primer lugar.

El cielo estaba cubierto de aves que volaban entre las islas y sobre el mar. El objetivo era llegar a la isla Decepción donde, según las cartas de navegación británicas, había depósitos de víveres para casos de emergencia. Era el 9 de abril de 1916: el día más frío de cuantos habían pasado en la nieve. Empezaron a navegar y las barcas se golpeaban contra los témpanos con los que se cruzaban, con el peligro de partirse cuando dos de ellos se unieran. Debían tener mucho cuidado al remar y conducir el bote correctamente entre las pistas de agua que se abrían frente a ellos. Así empezaron a bogar hacia tierra firme bajo la lluvia, la nieve y el granizo, que se confundían y que helaban sus cuerpos y sus almas.

A la cabeza del grupo de tres botes, atados uno a otro con cuerdas para no separarse, iba el *James Caird.* Shackleton llevaba el timón de la barca, seguido del *Docker,* comandado por Worsley, y del *Wills,* con Hudson al timón. Entre el viento y el granizo que golpeaba los abrigos como si fueran perdigones, se oían las órdenes perentorias del jefe:

–¡Remad, remad, remad!

En poco más de un cuarto de hora, el iceberg en el que habían instalado el campamento Paciencia había desaparecido de su vista, hundido bajo el agua.

–Creo que se ha hundido en el agua –dijo McNish.

Nadie prestó atención al comentario. Eso ya no les importaba. En las cabezas de todos solo había una consigna: bogar con fuerza hacia mar abierto y escapar de los hielos. Los que no lo hacían animaban al resto y seguían el ritmo con el tamborileo de sus pies para entrar en calor. Habían entrado en una zona muy salvaje llamada

Bransfield, llena de corrientes y de olas muy altas que dejaban a los hombres mojados y helados, un área en la que apenas brillaba el sol diez o quince días al año.

Después de unas horas en los botes, casi todos empezaron a presentar congelaciones en las extremidades, pues el equipo no era el adecuado para el mar, no era impermeable. Con las botas empapadas de agua desde hacía horas, la congelación les empezaba con un cosquilleo en la punta de los dedos, que seguía por la planta de los pies hasta que lo que parecía un hormigueo empezaba a arder como si fuera un ascua. Al cabo de unas horas, el estado del joven Blackborow revestía especial preocupación.

–Hace días que no siente los dedos del pie –comentó su compañero Bakewell al médico.

El doctor Macklin le examinó el pie y vio que estaba congelado. En mitad de la tormenta y hacinados en un bote, poco podía hacer por el muchacho, así que lo cubrió de nuevo después de masajearlo un buen rato para ver si entraba en calor. Otro de los tripulantes del bote, Orde-Lees, le hizo un gesto con la cabeza para interesarse por el muchacho y el doctor negó taciturno, dando a entender que perdería el pie.

Al ver el estado anímico de la mayoría de los hombres, Shackleton empezó a cantar una divertida canción de cabaré. Poco a poco los hombres se fueron sumando al canto, asombrados de que, en tan tremendas circunstancias, el jefe tuviera humor para cantar una canción como esa.

«Hoy, hoy he vuelto,
hoy he vuelto a soñar
a soñar con ella. ¡Oh, oh, oh!

Es mi fiel compañera,
la que me da y me quita
alegrías y penas. ¡Oh, oh, oh!»

Algunos empezaron a golpear el bote con las manos y otros con los pies para entrar en calor. Uno tras otro, se sumaron a la popular canción de amor que habían cantado muchas noches en el Ritz:

«Qué culpa tengo yo
de haberme enamorado
de una botella. ¡Oh, oh, oh!

Hoy, hoy he vuelto,
hoy he vuelto a soñar
a soñar con ella. ¡Oh, oh, oh!

Es mi fiel compañera,
la que me da y me quita
alegrías y penas. ¡Oh, oh, oh!
Qué culpa tengo yo
de haberme enamorado
de una botella. ¡Oh, oh, oh!»

La mirada y la sonrisa de Shackleton brillaban en la popa del *Caird* mientras animaba a los hombres a cantar:

–¡Venga, Orde-Lees, que no te oigo! ¡Así me gusta, doctor Macklin, ya le digo que usted podría estar actuando ahora mismo en la Scala de Milán! ¿Quién le ha engañado para estar remando en este bote, a diez bajo cero, en mitad del hielo?

–¿Estamos locos, señor Shackleton? –le respondió el doctor Macklin desde el otro bote riéndose como un condenado.

–¿Locos, dice? –gritó Shackleton para que todos lo oyeran–. ¡Es más que probable, doctor! ¡Recuérdeme que la semana próxima pida hora a un médico serio para que nos haga unas pruebas a todos! ¡Venga, muchachos, que la isla está cada vez más cerca! ¡Seguid remando!

«Hoy, hoy he vuelto,
hoy he vuelto a soñar
a soñar con ella. ¡Oh, oh, oh!

Es mi fiel compañera,
la que me da y me quita
alegrías y penas. ¡Oh, oh, oh!

Qué culpa tengo yo
de haberme enamorado
de una botella. ¡Oh, oh, oh!»

Los hombres se reían y se distraían con estas conversaciones absurdas que el jefe tenía ahora con uno u otro; pero mientras tanto, seguían bogando. Sus ocurrencias les llenaban las cabezas y olvidaban por unos momentos la situación extrema en la que se encontraban.

Los tres botes avanzaban a distinto ritmo porque, excepto el *Caird*, los otros dos estaban construidos en madera de roble, muy pesada, y eran botes balleneros. Siguieron remando por turnos buena parte del día y Shackleton les ordenó que no se separaran bajo ningún concepto.

–Unidos tendremos más probabilidades de éxito y podremos ayudarnos unos a otros –les repetía incansablemente.

Sobre las cinco y media de la tarde, se avistó un bloque de hielo suficientemente grande como para poder acampar. Sin embargo, los integrantes de la tienda número 5 recibieron permiso para dormir en el bote, pues la suya estaba prácticamente deshecha e inutilizable. El ambiente era más alegre que en el campamento Paciencia, pues los hombres se encontraban activos y con un objetivo que cumplir, que estaba lejano, pero ya se veía entre la bruma. El hielo cambiaba de color cada día. Sus matices eran tantos como los vestidos de las damas que paseaban por las carreras de Ascot bajo elegantes pamelas.

Esa noche cenaron lo que Green pudo preparar y enseguida se acostaron, mojados y agotados. Sin embargo, Shackleton estaba intranquilo y no podía conciliar el sueño, así que se vistió y salió de su tienda para examinar el bloque en que habían plantado las tiendas.

El cielo estaba sereno; en mitad de su negrura, las estrellas brillaban como diamantes diminutos en el tapete negro de un joyero de Amsterdam. Shackleton presentía que algo no marchaba bien. Estaba nervioso y dio una vuelta por las tiendas, donde oyó a los hombres roncar o cuchichear. Golpeó el témpano con el pie y observó que estaba muy débil. Entonces oyó un ¡crac! no muy lejos de donde estaba y vio que la tienda 4 se desplomaba ante sus ojos y se hundía en el agua. Bajo ella se había abierto una grieta grande como la boca de un dragón blanco. Se oyó un chapoteo, muchos gritos y maldiciones; los integrantes de las tiendas salieron arrastrándose como pudieron.

–¡Alguien ha desaparecido! –chilló McLeod tiritando sobre el hielo.

Los gritos de auxilio alertaron a los demás. Shackleton fue el primero en llegar al lugar del accidente, se precipitó sobre la tienda y la arrastró por el hielo para descubrir una enorme grieta debajo de ella. Holness, uno de los marineros, que dormía agotado en el interior de su saco, había caído al mar helado. Shackleton lo vio flotando y lo sacó del agua enseguida, agarrándolo con las dos manos. Inmediatamente, los hielos, como si fueran una bestia marina, se unieron de nuevo con un ruido seco y la placa vibró enfadada por no haber engullido la presa.

–¿Estás bien? –preguntó el jefe al hombre aterido de frío.

–Sí, bastante –respondió este con los labios amoratados y temblando–, pero lamento que mi maldito tabaco se ha quedado en el agua.

–No te preocupes por eso –le dijo el jefe al ver que el hombre respiraba y podía hablar.

Luego metió una mano entre las ropas y le tendió su propio tabaco. Enseguida ordenó encender el horno, pues el marinero estaba empapado y tiritaba. Le dijo que se moviera hasta que sus ropas se secaran para prevenir la congelación. Como la grieta se abría de nuevo, esa noche los hombres durmieron en el *Caird*.

Hudson, que había estado sentado al timón del bote durante demasiadas horas, esa misma noche notó que un inmenso dolor se había apoderado de sus caderas y de su trasero. Llevaba más de tres días sentado en la caña de la barca y se le habían inflamado las nalgas. Llamaron de inmediato al doctor Macklin, que no pudo hacer nada por él.

–Deberás estar recostado un par de días hasta que te baje la hinchazón –le dijo–. Tu trasero parece el de una comadrona del West End.

Hudson no tuvo tiempo de responderle, porque se quedó dormido al instante.

* * *

El día siguiente era 10 de abril y debían proseguir con la navegación en mitad de los hielos que se elevaban a su alrededor como gigantescos colmillos afilados. Había amanecido cubierto y no se veía ninguna de las dos islas, ni la isla Clarence ni la Elefante, pero Worsley supuso que se encontraban tan solo a cuarenta o cincuenta kilómetros de ellas.

A las ocho y diez de la mañana, el jefe dio la orden de botar las barcas y al cabo de un rato estaban remando de nuevo en un mar en el que apenas se veían placas de hielo. El *Caird* era el más rápido de los tres, al ser el bote menos pesado. Sin embargo, Shackleton quería que los tres hicieran el viaje unidos por si surgía alguna emergencia. Si encontraban un bloque de hielo, se detenían y esperaban a que se abriera una abertura para remar a través de ella. Llegó la hora de comer y el jefe permitió a cada uno una ración de galletas, algo de *pemmican* y seis terrones de azúcar.

Dado que el peligro de las grietas era enorme si acampaban encima de una placa frágil, esa noche optó por dormir otra vez en los botes. Dio la orden muy a pesar suyo, porque ello iba en menoscabo del merecido descanso de los hombres. Nadie durmió tampoco aquella noche, y ya llevaban más de treinta y seis horas sin descansar. Tenían las manos llagadas, las ropas mojadas y estaban hambrientos. Worsley anotó que ese día habían recorrido al menos unos quince kilómetros, que los acercaban lentamente a su objetivo.

A la mañana siguiente, se levantaron y pudieron ver un formidable espectáculo de la naturaleza. Toda la superficie del agua, hasta donde alcanzaba la vista, estaba llena de icebergs y de placas de hielo de los más variados tamaños y formas. Algunos tenían más de quince metros de alto y en otros apenas cabría un pingüino.

–El Todopoderoso ha hecho castillos en el hielo durante la noche –dijo Marston asombrado.

–O el diablo –dijo Orde-Lees a su lado.

El espectáculo era tan grandioso e inesperado, que los hombres lo miraron sin respirar y con la boca abierta. Sin embargo, todos sabían que si se desprendía una pequeña parte de uno de ellos cuando pasaran por debajo, destrozaría los botes.

–Con esas moles flotando en el agua y a punto de partirse, es una idiotez botar las barcas para navegar hacia tierra firme –dijo Worsley.

Los hombres estaban de pie en el témpano donde habían pasado la noche, aterrados ante el espectáculo. Su placa se estaba descomponiendo por momentos y su tamaño se reducía minuto a minuto con ruidos secos. El hielo se desprendía de la masa. No tuvieron que aguardar mucho a que se abriera una grieta lo suficientemente ancha y entonces el jefe ordenó botar de nuevo las embarcaciones.

En vista de la posición que ocupaban, Worsley y Shackleton acercaron sus barcas y hablaron en voz baja. Una vez examinadas las cartas náuticas y las anotaciones del capitán, el jefe afirmó:

–Creo que será más conveniente seguir remando hacia las islas del rey Jorge. Así llegaremos de isla en isla hasta Decepción.

Los restos volcánicos de esa isla les ofrecerían un buen puerto a resguardo de las tormentas. Allí, además, los balleneros habían construido una capilla que les podría albergar o cuyas maderas podrían usar para construir una embarcación más sólida.

Al día siguiente, vieron una placa flotando que les podría servir de campamento, pero Shackleton no quería correr más riesgos y el único que fue autorizado a desembarcar para calentar la comida fue Green. Al terminar, siguieron su ruta hacia el suroeste. Los hombres se turnaban en los remos con frecuencia, pues bogar era el único modo de entrar en calor. Por la noche, como las anteriores, alrededor de las barcas explotaban brillantes nubes de vapor. Eso quería decir que las ballenas estaban a muy pocos metros por debajo de ellos. Acamparon en otra placa que parecía consistente y esperaron un nuevo día.

Al mediodía, tras esperar desde la madrugada, el iceberg se redujo a una pequeña porción y se abrió una grieta directa hacia el mar. Shackleton dio otra vez la orden de botar las barcas y en cinco minutos se habían alejado del peligro.

Ese día la navegación fue penosa. Las olas pasaban por encima y cubrían por entero a los expedicionarios. Los botes se llenaban de agua y los hombres se pasaban el día y la noche achicando agua. Los tres botes se hundían. A veces, los témpanos se abrían como se abren las fauces de una orca y entonces ellos aprovechaban para pasar por en medio, pero otras veces, de modo traicionero, como si un demonio de la nieve y los hielos los vigilara, volvían a unirse y estaban a punto de aplastarlos.

El artista George Marston estaba tan impresionado de todo lo que veía que, por la noche, cuando instalaban el campamento, aún tenía fuerzas para dibujar en sus cuadernos las vivencias del día. Shackleton lo animaba de continuo a hacerlo, pues veía que los hombres se distraían al ver trabajar al pintor.

—¿Por qué no me dibujas una tarta de ciruelas? —le pidió el jefe una noche—. Es mi favorita.

—Claro que sí, jefe.

Al terminar, sir Ernest tomó el dibujo y lo paseó entre las tiendas, mientras decía a los hombres:

—Mirad lo que me ha tocado hoy para cenar. ¡Tarta de ciruelas!

Varios marineros se acercaron al dibujante y le pidieron que les dibujara también a ellos un buen menú. Esa noche Marston dibujó más de una docena de espléndidos platos: rosbif con brócoli, ternera guisada con patatas o pasteles de todas las clases, que los hombres se llevaron a su tienda para saborear mientras dormían.

* * *

El frío mordía las manos con tanta intensidad que, cuando atracaban en una placa sólida para descansar, tenían que separar los guantes de los remos con un cincel porque se habían quedado pegados por el hielo.

Si miraban al cielo, veían que los copos de nieve cubrían las estrellas y los cormoranes volaban por encima de sus cabezas. Las aves eran como plateadas sombras fantasmales que se mezclaban con los chillidos de las orcas asesinas. Las bestias olían comida cerca, y tanto de día como de noche, en las barcas o sobre los témpanos, podían ver los chorros de vapor que salían de sus negras espaldas.

Los integrantes de la expedición tenían permiso para ingerir una bebida caliente al día. Muchos hombres sufrían disentería, que les provocaba fiebres, diarreas y úlceras en la boca. La dieta se había reducido a una galleta diaria. Algunos, para distraerse, se inventaron un chiste sobre la comida:

—La miras a la hora del desayuno, la chupas para comer y te la comes para cenar.

Cuando descubrían una abertura en los hielos que debía llevarlos a mar abierto, bregaban hacia ella con todas sus fuerzas. Se quejaban poco, pues sabían que a menos de quince kilómetros encontrarían tierra. Hacía tres días que habían avistado las islas entre la niebla y hacia ellas se dirigían. Shackleton decidió que pasarían otra noche en los botes, aun a sabiendas de que en tan reducido espacio era prácticamente imposible dormir.

—No puedo tomar otra decisión sin arriesgar vidas —confió a Wild durante la reunión que mantenían al terminar la jornada—. No hay ninguna placa de hielo suficientemente grande y firme que nos cobije a todos.

La salud seguía preocupando al jefe y a los dos médicos. Por ello, con frecuencia se apartaba del grupo con el doctor Macklin, quien le ponía al corriente de los más aquejados por los dolores.

–Las manos de los hombres están heladas y llenas de llagas –le comunicó el doctor–. Necesitan un descanso o no aguantarán mucho más. El pie de Blackborow me preocupa y Hudson todavía tiene el trasero hinchado como una sandía.

–No se lo diga a los hombres –bromeó el jefe–. Están pasando mucha hambre y hace semanas que no comemos nada de fruta.

Después de oír el parte médico, Shackleton tomó la decisión de acampar en un reducido bloque, rogando que aguantara toda la noche. Sin embargo, en esa ocasión también durmieron poco. Las tiendas y los sacos estaban empapados de agua y el frío se colaba por todas partes.

A la mañana siguiente, por primera vez en tres días, la niebla se disipó por unas horas y aclaró. Entonces, Worsley cogió de nuevo su sextante. Mientras los hombres lo sujetaban para que no se moviera en el bote que se bamboleaba mecido por las olas, calculó la posición del Sol respecto al horizonte. Tardó un buen rato en determinar en qué punto se encontraban y muchos vieron su cara de preocupación. Al terminar, ordenó a sus remeros acercarse al *Caird,* patronado por Shackleton, para mostrarle las mediciones.

–¡El viento y la corriente –le gritó para hacerse oír sobre el rumor de las olas y del viento– nos han alejado de la isla del rey Jorge! ¡Estamos a casi doscientos kilómetros de ella! ¡La buena noticia es que nos ha acercado a la isla Clarence!

Tras unas rápidas deliberaciones, el jefe y Worsley vieron que el objetivo más alcanzable era isla Elefante, que estaba a poco más de cien kilómetros de su posición; así, decidieron variar su objetivo una vez más.

Pasaron otra horrible noche en los botes. Shackleton temía que algunos de los hombres no la superaran debido a las malas condiciones, al frío y a que llevaban ya tres días sin dormir. A la mañana siguiente comprobó aliviado que, a pesar de los rostros llenos de ojeras, las barbas cubiertas de costras heladas y las heridas en las manos congeladas, todos habían sobrevivido.

–Estoy muy orgulloso de todos vosotros –les dijo al amanecer mientras se tomaban el tazón de leche–. Hoy podéis comer cuanto queráis, al menos os mantendrá calientes.

Al terminar el desayuno, empezaron a remar de nuevo. El avance era realmente penoso. Las barcas se llenaban rápidamente de agua que, a menudo, les llegaba a la altura de los tobillos y apenas había tiempo de achicar. Alguno de los hombres aún tenía fuerzas para cantar y animar al resto, que remaba sin descanso. Otros, en cambio, habían empezado a tener pesadillas: How se imaginaba en las fauces de una ballena y Stevenson se volvía cada poco rato para sollozar sin que el resto lo viera.

* * *

La imagen de los tres botes avanzando entre unas olas que hubieran puesto en aprietos a buques diez o veinte veces más grandes, era dantesca. Los del *Docker* y el *Wills* tenían que achicar agua continuamente, pues sus bordas eran más bajas que las del *Caird*, y cualquier ola se colaba en su interior. Muchos intentaban buscar cobijo bajo las lonas, pero no era posible, ya que el viento las levantaba a cada momento y el agua se metía por todas partes. Algunos hombres estaban al borde del colapso.

Hacia las tres de la tarde de ese día se aclaró y el sol brilló en todo su esplendor, aunque a lo lejos se veía aún una bruma rosada. Esos rayos del sol, que no habían visto en una semana, les alegró y parecía que hasta sus corazones se doraban mientras remaban ya por el mar abierto. Fue como si una mano invisible abriera por un momento una cortina y el cielo se tiñó de azul.

–¡Allí! –gritó alguien desde el bote *Wills*.

Todos se volvieron hacia donde señalaba y, por fin, vieron nítidamente las cumbres nevadas de la isla Clarence y, a poco más de cincuenta kilómetros, la tierra prometida de isla Elefante. Las tres embarcaciones avanzaban una detrás de otra a ritmo desigual. A media mañana, el bote *Wills* avanzó hasta ponerse junto al *Caird,* patronado por Shackleton, al que McIlroy gritó para hacerse oír:

−¡Blackborow no siente nada en el pie y no podemos hacer circular la sangre!

La voz del jefe estaba rota y presa de la extenuación cuando le respondió:

−¡Lo examinaremos al llegar a la isla! −le gritó desde el *Caird*−. Seguid remando, ya queda poco.

El joven polizón no era el único que tenía problemas de congelación. En la embarcación *Docker,* tanto el doctor Macklin como Green no sentían sus pies y se quitaron las botas para comprobar que estaban helados. Orde-Lees se ofreció para masajear los pies de Green e incluso los puso debajo de sus ropas para que entraran en calor al contacto con su piel.

−¡Blackborow! −gritó de nuevo Shackleton al ver los apuros de los hombres de la *Wills.*

−¿Señor? −preguntó el polizón levantando su cabeza por encima de la borda del bote.

−¡Mañana a esta hora estaremos en isla Elefante; nadie la ha pisado antes y tú serás el primero en hacerlo!

−¡Gracias, jefe! −le respondió el muchacho arrebujado

entre las lonas de su bote.

Poco a poco, como el que desenvuelve un regalo que ha esperado mucho tiempo para abrir, la silueta de la isla Elefante se alargaba en el horizonte. Estaban solo a unos veinte kilómetros de ella. Los hombres llevaban casi ochenta horas sin dormir, pero seguían remando sin descanso en turnos de media hora. La voz de Shackleton que los animaba estaba cada vez más ronca y gastada, pero, incluso así, seguía haciéndolo, e incluso gastaba bromas de vez en cuando.

Después de la comida, que prepararon en los botes, un viento gélido y mordiente empezó a soplar desde el oeste y dejaron de remar para navegar solo a vela. A la buena noticia del viento se sumó otra mala, porque empezaron a caer gruesas gotas de agua que lo empaparon todo otra vez.

Sobre las cinco de la tarde, el viento amainó y cogieron de nuevo los remos. Tenían la esperanza de tocar tierra antes de que anocheciera. Llevaban apenas unos minutos bregando, cuando el viento empezó a soplar desde el sur con unas ráfagas de más de setenta kilómetros por hora. A pesar de los esfuerzos, las barcas apenas se movieron en un par de horas. Parecía que las olas salvajes se hubieran propuesto que no avanzaran, porque se levantaban como murallas entre ellos y tierra firme. En esos momentos de desesperación, el *Wills* se puso a la vera del *Caird* y el capitán Worsley chilló al jefe:

–¡Creo que sería mejor que cada uno intentara llegar a la isla por su cuenta!

–¡Lo sé, Worsley! –le replicó el jefe–. Pero si nos mantenemos unidos es más fácil que podamos ayudarnos unos a otros. ¡Somos un equipo!

–¡Sí, Ernest, pero la situación empieza a ser desesperante! ¡Si seguimos así puede que ningún bote llegue a tierra! ¡Insisto en que sería preferible que cada uno intentara salvarse por su cuenta!

Shackleton meditó durante unos segundos el consejo del capitán y vio que tenía razón. Las barcas estaban anegadas de agua, los hombres tiritaban de frío y hacía horas que se habían quedado sin fuerzas para remar. Sí, se dijo, si al menos un bote pudiera salvarse y llegar a la isla, sería mejor que nada.

Por primera vez, Shackleton los autorizó a separarse y a que cada uno buscara la manera más rápida de llegar a tierra firme. Tomada la decisión, se levantó y gritó a los de la *Wills*:

–¡De acuerdo! ¡Que cada uno procure llegar a la isla en las próximas horas! ¡No estamos demasiado lejos!

Durante varios días, los botes habían navegado juntos, atados unos a otros con cuerdas; entonces, a pesar de que la idea no gustaba a Shackleton, los hombres las cortaron y los tres grupos se separaron en medio de la lluvia y la tormenta.

Hasta la hora de la cena avanzaron a poca distancia unos de otros, pero a medianoche el *Caird* perdió de vista al *Docker*. Los hombres de este bote estaban agotados y casi no tenían fuerzas para achicar el agua que les llegaba hasta las rodillas. Shackleton se levantó y empezó a otear el horizonte, pero entre la niebla y la negrura de la noche, no vio ni rastro del bote. Sin embargo, no se rindió.

–Thomas –dijo a Crean–, enciende el fanal y lanza una bengala al cielo cada minuto para que nos vean.

El irlandés prendió un grueso fósforo y lo lanzó al aire. Repitió la operación durante varios minutos para que los de la otra barca supieran dónde estaban.

–No pueden estar muy lejos, pero con este oleaje es imposible verlos –dijo después de consumir todos los de la caja.

Sin embargo, no vieron ni rastro de la barca y desistieron de hacer más señales de luz. Con las olas negras que los subían y bajaban como una gigantesca atracción de feria, era imposible verlos.

El hambre, la extenuación y los temblores los mantenían despiertos. De cualquier modo, tampoco podían dormir porque, si no achicaban el agua de los botes, se hundirían sin remedio. Shackleton, además, dudaba de que algunos sobrevivieran esa noche. Pero lo hicieron y al alba, tras otra noche de insomnio, miró a sus hombres. Tenían los ojos enrojecidos y los pómulos hundidos, las barbas congeladas y el ánimo derrotado. ¿Cuánto más aguantarían? Algunos estaban a punto de romperse, pero en las miradas de otros bullía la determinación. Un día más, pensaba el jefe, un día más y podremos llegar a esa maldita isla.

* * *

El *Wills* se había quedado rezagado y había perdido de vista a los otros dos botes durante la tormenta. Sin embargo, estaba solo medio kilómetro por detrás. Habían visto las luces que Shackleton y Crean les hacían desde el *Caird* e intentaron responder, pero los de la *James Caird* no los vieron.

El jefe les había indicado que debían intentar llegar a la isla como fuera, pero estaban en apuros. Worsley veía que la barca se hundía por el peso del agua, así que optó por ponerla contra las olas para intentar cortarlas, y pensaba hacerlo gracias a sus veintiocho años de experiencia en el mar. Sin embargo, llevaba casi cinco días y medio sentado al timón del *Wills* y cuando Macklin se ofreció para relevarlo al timón, se percató de que no podía moverse.

McLeod y el pintor Marston lo arrastraron hacia el fondo de la embarcación y le doblaron los miembros agarrotados, pero el capitán no pudo ayudarlos: ya estaba dormido. Macklin se puso al timón del bote e intentó leer la brújula en mitad de la noche para mantener el rumbo. Lo hacía con ayuda de las cerillas que el viento enfurecido apagaba enseguida. De este modo, logró mantener a duras penas la dirección noreste, escrutando el horizonte por si veía alguna de las otras barcas cabalgar sobre las masas de agua negra que se elevaban como gigantescas montañas frente a él.

Poco a poco, las luces del alba empezaron a iluminar la superficie del mar y el viento encabritó las olas. Las pocas luces del amanecer se ocultaron cuando el doctor Macklin, que seguía al timón, balbuceó:

–Dios bendito...

Acababa de ver una monstruosidad. Una inmensa mole de agua se precipitaba sobre el *Wills*. Parecía una muralla verde y gris que abría unas enormes fauces para tragárselos. Los hombres vieron su cara de terror y enseguida comprendieron que lo que se les venía encima los iba a engullir y se los llevaría al fondo del mar junto a Davy Jones[48] y a otros cientos de náufragos que se habían atrevido a navegar por esas aguas infernales.

–¡Capitán, capitán! –gritaron aterrorizados.

Pero Worsley no respondía; estaba echado en el fondo del bote sobre las tiendas y dormido como un tronco. No sabían qué hacer y lo despertaron a golpes. El capitán estaba tan agotado que no había otra forma de hacerlo. Finalmente, abrió los ojos y desde el fondo de la embarcación vio lo que se les venía encima.

–¡Por el amor de Dios! ¡Izad la vela! –les gritó.

La primera ola gigante les pasó por encima y la segunda casi inundó el bote. Entonces los hombres empezaron a sacar frenéticamente el agua con lo que tenían más cerca: manos, gorros, tazas... Estuvieron achicando el agua, que casi llegaba a las bordas de la pequeña embarcación, durante más de una hora. Entonces Worsley viró el timón

----

48. Davy Jones es el protagonista de una leyenda de marineros y piratas. Se trata de un demonio legendario que se adueña de los marineros caídos al mar. Según algunos, fue un galés, convertido en pañolero del mundo submarino. Aparece en *La isla del tesoro* de Robert Louis Stevenson (mencionado por el capitán Smollett), en *Moby Dick* de Herman Melville y en el relato de Edgar Allan Poe, *El Rey Peste*.

y puso la proa rumbo al norte. Al cabo de un par de horas más se había acercado a la isla lo suficiente como para buscar un sitio donde atracar, y empezaron a rodearla lentamente. Sin embargo, no había ningún refugio en el que varar el bote. La costa era abrupta y estaba llena de afiladas rocas que los hundirían si intentaban aproximarse. Durante unas horas más siguieron rodeando la isla, que se elevaba como una gran mole negra delante de ellos. El ambiente en el *Wills* era pésimo, pues estaban convencidos de que solo ellos habían sobrevivido a esa noche de galerna.

–Pobres diablos –sollozaban algunos de los hombres pensando en los compañeros de los otros dos botes.

–Se han ido... –lloró Greenstreet.

Dieron la vuelta a un pequeño cabo para encarar la otra parte de la isla y allí, en mitad del oleaje y de los surtidores de espuma, vieron cómo se mecían dos pequeñas manchas blancas: eran los otros botes, el *Caird* y el *Docker*. Sus deshechos tripulantes remaban hacía la playa que habían descubierto a medio kilómetro. Por un misterioso azar, la incapacidad del *Wills* para encontrar un lugar donde atracar al otro lado de la isla los había reunido de nuevo.

Los hombres entonaron tres hurras y fueron respondidos con gritos de alegría desde los otros botes. Shackleton respiró aliviado. No había pegado ojo en toda la noche pensando en los hombres de la barca de Worsley.

* * *

Desde los botes se veían las grandes masas volcánicas de la isla Elefante, aunque no se vislumbraba ninguna caleta ni playa en la que fondear. Durante una hora buscaron algún espacio en el que poder meter los botes, pero sin éxito. De repente, McLeod chilló:

–¡Allí!

Señalaba un minúsculo y traicionero hueco donde rompían las olas. Shackleton dudó por unos momentos, pero decidió intentarlo. Un esfuerzo más, una ola que los impulsó hacia la isla y llegaron frente a una pequeña playa rocosa. Era suficientemente ancha como para poder bajar a tierra. Las tres barcas se reunieron de nuevo a escasos metros de la abrupta costa y Shackleton, recordando la promesa que había hecho a Blackborow, le ordenó que desembarcara el primero. El chico estaba en el fondo de su bote y no podía moverse. Entonces el jefe lo cogió en sus brazos y lo desembarcó en la playa. El chico cayó sobre sus rodillas y sus manos.

–Levántate –le ordenó.

–No puedo, señor –le dijo este, que ya no sentía su pie.

Entonces Shackleton recordó en qué estado se encontraba y lo abrazó. Dos hombres bajaron detrás de él, se hicieron cargo de Blackborow y lo llevaron desde la orilla a las piedras. Todos habían llegado al límite de sus fuerzas y en ese momento, cuando arrastraron los botes para ponerlos a salvo de la corriente, el ingeniero Rickinson cayó redondo al suelo.

–¡Macklin! ¡Doctor Macklin! –gritó Shackleton al ver lo que ocurría–. ¡Este hombre tiene algo grave, se aprieta el corazón con la mano!

Los dos médicos de la expedición corrieron hacia Rickinson, lo alejaron del agua para reanimarlo y lo llevaron bajo unos riscos. El marinero acababa de sufrir un ataque cardíaco.

El jefe no perdió tiempo y empezó a organizar el pequeño desembarco, pues los hombres avanzaban por la playa de rocas como zombis.

–¡Vosotros, Bakewell y Orde-Lees –ordenó– llevad al chico bajo esos riscos! ¡Los demás, amarrad las barcas! ¡Hurley, hazte cargo de la cocina y que Green caliente algo rápido o moriremos helados!

Todos pisaban tierra firme por primera vez en un año y medio. Muchos estaban demacrados y otros enajenados, después de tantos días de navegación, sin dormir y casi sin comer. Algunos pusieron la cabeza entre la tierra y las piedras para llorar. Otro marinero vio a un grupo de animales sobre unas rocas y, si pensarlo mucho, cogió un hacha para desfogarse y mató a varias focas.

11. Isla Elefante

En cuanto pudo, el cocinero Green hirvió leche en polvo para todos. Se llenaron los tazones y los hombres se la bebieron, aunque estaba ardiendo. En el centro del grupo estaba Shackleton, que apenas podía hablar. Solo podía hacerlo en susurros, pues había pasado los seis días de la travesía gritando y animando a los veintisiete hombres que lo acompañaban. Había preparado comida para uno, tomado el pulso a otro, había remado para sustituir al que estaba agotado...; en definitiva, había contagiado su confianza y determinación al resto.

Nada más terminar la leche, se envió a un grupo de cacería, que regresó con cuatro focas que enseguida convirtieron en filetes. Comieron cuanto quisieron y llegó la hora de dormir. Shackleton les permitió hacerlo hasta las nueve y media de la mañana del día siguiente, ya que debían cambiar su emplazamiento, pues las marcas en las rocas indicaban que el lugar era azotado frecuentemente por las tormentas.

La isla era un lugar inhóspito; estaba alejada de cualquier ruta de navegación. Tan solo se trataba de una elevación en mitad del océano, barrida constantemente por olas gigantes y tormentas de nieve y granizo, pero era tierra firme, y muchos hombres tenían la sensación de que eso los acercaba un poco a la civilización.

Wild y cinco hombres más recibieron la orden de rodear la isla en bote. Su misión era buscar un lugar más cobijado donde establecer el campamento. Llegó la noche y, tras la cena, el hombre que estaba de guardia notificó que el bote de Wild regresaba a la orilla. Tras navegar durante nueve horas por el entorno de la isla, el segundo bajó del bote y anunció a Shackleton:

–Realmente es un lugar inhóspito. Solo hemos encontrado una playa de unos cien metros de largo por veinte de ancho.

–Será mejor que esto –respondió el jefe.

–Sí –añadió Wild–; además, hay un glaciar cercano que nos permitirá abastecernos de agua dulce.

–Perfecto. Gracias, Wild, parece que has encontrado un balneario soleado en esta isla paradisíaca.

Frank Wild miró al cielo y todo lo que pudo ver fue una helada masa de rocas y el aguanieve que caía encima de unos hombres que tiritaban junto al horno humeante.

Allí Green cocía algo parecido a una sopa. Shackleton le dio una palmada en la espalda y le guiñó un ojo.

–Seguro que será algo más confortable que esto –dijo.

Al día siguiente, los hombres se levantaron a las cinco de la madrugada para llevar el campamento a la playa que Wild había encontrado el día anterior. Así trasladaron lo poco que les quedaba al nuevo emplazamiento, al que llamaron campamento Wild, y algunos, el maldito campamento Wild, porque era un sitio tan miserable y desangelado que durante la noche el viento arrastraba las tiendas hacia el mar. Las condiciones en esa isla desierta eran horribles, pues no había sitio para refugiarse de la tormenta de nieve que se les vino encima.

* * *

La tormenta duró unos cuantos días, lo que les permitió descansar y rehacer un poco sus cuerpos tullidos. Cuando amainó, el 20 de abril, Shackleton, al ver que estaban alejados de cualquier ruta de navegación –por lo que podían esperar muchos meses sin que ningún barco pasara por allí–, dio el anuncio que todos estaban esperando:

–Partiré en busca de ayuda a un sitio habitado –dijo–, una vez que el *Caird* esté reparado y dispuesto para una nueva travesía. Me acompañará un grupo de cinco hombres.

Los tres posibles objetivos eran el cabo de Hornos, en Tierra de Fuego, que estaba a unos setecientos kilómetros al noroeste; puerto Stanley, en las islas Falkland, a unos ochocientos kilómetros al norte; y las islas de Georgia del Sur, donde los balleneros noruegos les habían suministrado carbón y carne de ballena dos años antes, y que estaban a unos mil cuatrocientos kilómetros hacia el noreste.

–Las condiciones de estos mares –les dijo– aconsejan ir hacia las islas de Georgia del Sur, aunque estén el doble de lejos que las otras dos. Según Worsley, es lo más sencillo, aunque también será una travesía más larga.

–¿Cuánto? –quiso saber McNish.

–Entre veinte días y un mes, aproximadamente –respondió Worsley.

Muchos se presentaron voluntarios en aquel momento, a pesar de que las posibilidades de éxito eran muy remotas. Aunque, bien pensado, ¿no se habían enrolado en un viaje peligroso, con la promesa de un frío penetrante y con un regreso más que dudoso? Sin duda, pero también sabían que, si lograban sobrevivir, su aventura sería recordada eternamente.

Shackleton, después de meditarlo pausadamente y de contrastarlo con Wild, ya tenía en la cabeza la lista de los que debían y de los que no debían quedarse en la isla. Por supuesto, el primero al que escogió fue al capitán

Worsley. Para esa travesía necesitaba a un marino capaz de orientarse con un pequeño instrumento de latón

llamado *sextante* y hábil para atravesar esos mares de olas gigantes. Tom Crean fue el segundo de la lista. Crean era una leyenda. No en vano, había acompañado a Scott a la Antártida y había regresado desde el Polo al campamento base en solitario, en un viaje de más de dieciocho horas en mitad de una ventisca infernal, para pedir ayuda. Además, había formado parte de la expedición de rescate que encontró a Scott y a sus hombres. Shackleton sabía que el irlandés no le fallaría y que lo resistiría todo hasta el final.

McNish también fue elegido porque, a pesar de tener más de cuarenta años, Shackleton no podía dejarlo allí: había dado muestras de insubordinación, lo que quería decir que podía ocasionar de nuevo problemas del mismo tipo. Los otros dos fueron Vincent, por las mismas razones que McNish, y McCarthy. Este último era un hombre pacífico que no había causado ningún problema; además de un experimentado marinero, era fuerte como un toro.

Una vez tomada la decisión, McNish y Marston fueron a reparar el *Caird* para dejarlo listo para la travesía. Era día de tormenta; aun así, los preparativos para zarpar cuanto antes no se interrumpieron. Harry McNish había recibido órdenes de reforzar el bote que se encontraba en mejores condiciones. Para ello utilizó parte de los trineos que no usarían más y cajas de madera. Así elevó las bordas del *Caird* y fabricó una cubierta improvisada con maderas y lonas del *Endurance*. Para calafatear[49] las junturas, usó mechas de las lámparas de aceite, sangre de foca y derritió varias pinturas al óleo de Marston. Luego, reforzó la quilla con un mástil y se puso un par de toneladas de piedras en el fondo para que sirvieran como lastre y evitar que la barca zozobrara a causa de las olas.

Cogieron provisiones para un mes: galletas, carne salada, azúcar y leche en polvo, así como un par de hornillos, dos barriles de unos ochenta litros de agua, sacos de dormir y velas. También llevaban prismáticos, brújula, cuatro remos, un pequeño botiquín, una pistola con su munición y un ancla. Worsley, por su parte, se encargó de coger su propio sextante y otro de Hudson, además de las tablas de navegación y algunos mapas.

Durante esos días de preparación, sufrieron vientos tempestuosos que arrancaban pedazos de hielo y de roca que herían a los hombres en la cara y en las manos. Todos permanecieron acostados bajo los botes y el único que estuvo levantado fue el cocinero Green para preparar comida. Los demás hombres estaban destrozados.

Pocos días antes de la partida del grupo, Shackleton llamó al fotógrafo Hurley y le entregó una nota. El australiano la leyó delante del jefe y, agradecido por la lealtad, le dio un abrazo.

49. Calafatear es rellenar las junturas de las tablas con brea u otro material, con el fin de garantizar la impermeabilidad de la nave.

Isla Elefante, 21 de abril de 1916

Al que pueda interesar. Firmo estas instrucciones para que se tengan en cuenta. En caso de que no sobreviva a la travesía que emprendemos hacia Georgia del Sur, dejo instrucciones a Frank Hurley para que pueda explotar las películas, el material fotográfico y los negativos pertenecientes a esta expedición. Los derechos se interrumpirán dieciocho meses después de que se hayan expuesto públicamente.

E. H. Shackleton

Luego tomó aparte al doctor Macklin y le preguntó acerca de los hombres:

–¿Cuánto cree que sobrevivirán en estas condiciones?

–Probablemente, un mes –le respondió.

–Bien, esperemos que sean, al menos, dos –le dijo–. Lo dejo en sus manos. Sé que no me fallará.

Por suerte, los fuertes vientos que azotaban la isla y que mantenían empapadas las tiendas y los sacos, amainaron dos días después, 23 de abril, festividad de San Jorge, patrón de Inglaterra. Ese mismo día, el jefe ordenó a dos de los hombres que llenaran dos depósitos con unos ochenta litros con agua del deshielo para el viaje del *Caird*. Luego la probó y, aunque estaba un tanto salada, dijo:

–Servirá.

Poco antes de partir, se reunió con Wild, quien se quedaría al frente del resto de la expedición en isla Elefante, y le entregó una carta que acababa de redactar.

Isla Elefante, 23 de abril de 1916

Apreciado Frank:
En caso de que no sobreviva a mi viaje a Georgia del Sur, harás lo que puedas para el rescate de la expedición. Te quedarás al mando en el momento en que el bote abandone la isla y todos quedarán bajo tus órdenes. A tu regreso a Inglaterra, deberás comunicarte con el comité. Deseo que escribas el libro con Lees y Hurley. Vigila mis intereses. En otra carta encontrarás los términos para que puedas impartir conferencias por Inglaterra y por el continente. Hurley lo hará en Estados Unidos. Tengo toda mi confianza en vosotros, como siempre la he tenido. Que Dios bendiga tu trabajo y tu vida. Puedes trasladar mi amor a los míos y decirles que intenté hacer lo mejor.

Tuyo sinceramente,
E. H. Shackleton

Las órdenes para Wild eran que, en caso de fracaso y de que no regresaran en un plazo de dos meses, intentara llegar con los hombres a la isla Decepción y esperar allí hasta que pasara algún ballenero.

–Sin embargo, Frank, no te preocupes –le dijo con una mirada llena de determinación–. Regresaremos.

El segundo miró a Shackleton a los ojos y no supo qué pensar. Esos seis hombres iban a emprender un viaje imposible por unos mares que muchos marinos en grandes veleros no osaban atravesar, en un bote de siete metros, cansados y con un equipo más que insuficiente. Aun así, la determinación que vio en la mirada del jefe le dijo que lo iba a conseguir.

* * *

La mañana de la partida se preparó un desayuno para el que Shackleton autorizó a que los hombres tomaran dos galletas extra. Luego empezaron las despedidas. Los hombres abrazaban a los que partían y les daban consejos de todo tipo. Los seis expedicionarios llevaban consigo lo que quedaba de la expedición: la mejor comida, las ropas de abrigo en buen estado, los instrumentos de medición, los mapas...

–¡Déjanos algunas chicas para nosotros cuando llegues a puerto! –gritaron algunos a Crean mientras embarcaba en el bote.

Worsley y el jefe se subieron a una loma para ver el mar y decidir hacia qué punto podían iniciar la travesía. Luego regresaron al lado de Wild y los tres encajaron sus manos.

—Regresaré a rescataros, Frank —le dijo Shackleton en mitad del abrazo—. Te doy mi palabra.

—No tengo ninguna duda, jefe, eres irlandés.

El jefe le sonrió y Wild vio cómo subía al bote, donde le aguardaban el capitán Worsley, McNish, Crean, Vincent y McCarthy. Algunos hombres empujaron el bote hacia alta mar y el *Caird* izó su vela.

Wild vio desde la playa cómo el bote se empezaba a alejar mientras pensaba que el jefe tendría que cruzar mil quinientos kilómetros de uno de los mares más bravos del mundo, en un bote de siete metros de eslora, casi sin provisiones y sin material adecuado. Había seguido a Shackleton hasta el final del mundo y, si se lo pidiera de nuevo, lo haría sin titubear ni un segundo. Lo mismo sentía cada uno de los tripulantes que se quedaban a su cargo en isla Elefante esperando un milagro.

—¡Buena suerte, jefe! —gritaron todos a coro mientras veían que el *James Caird* se perdía entre las grandes olas verdes.

Shackleton se quedó mirándolos un buen rato con la mano levantada. Los veintidós hombres se quedaron en la playa agitando las gorras y las manos hasta que el *Caird* se perdió de vista. Con el bote y esos seis hombres se les iban la esperanza y lo mejor de que disponían en esa maldita isla helada.

Mientras se alejaban de la costa, el jefe solo tenía una idea en la cabeza: cumplir la promesa que había hecho a sus hombres cuando les había dicho que todos regresarían con vida a Inglaterra. Poco a poco, las tiendas y los marineros se empequeñecieron sobre las rocas y él se sentó al lado de Worsley, que estaba al timón del *Caird*.

–Bien –dijo–, ahora solo nos queda regresar con ayuda.

El capitán lo miró sin decir nada, le lio un cigarrillo y se lo encendió. Luego fumaron un rato sin mediar palabra, mientras Crean oteaba el horizonte y el resto intentaba dormir bajo la improvisada cubierta.

* * *

Las semanas que siguieron a la partida del bote, los hombres que se quedaron en el inhóspito islote se dedicaron a asegurar que la prolongada estancia en la isla fuera lo más confortable posible. Así que usaron los dos botes restantes como tejado para fabricar algo parecido a una choza. Los instalaron encima de unas pequeñas paredes de adobe que cubrieron con las lonas y se dispusieron a sobrevivir. Sus únicas obligaciones eran cazar, comer, mantener el fuego encendido, descansar y cuidar de los enfermos.

Los médicos tenían especial cuidado de Blackborow, cuyo pie había empezado a gangrenarse, y de Rickinson, que se recuperaba lentamente del ataque al corazón que había sufrido al desembarcar.

Cuando oscurecía, se reunían en la cabaña y releían una y otra vez las suculentas recetas del libro de cocina de Marston, imaginando las comidas de las que disfrutarían una vez que llegaran a tierra firme. Algunos se decantaban por los pudines con nata; otros, por los huevos revueltos con tostadas o el cerdo ahumado con judías tiernas. Muchos preguntaban a Green –que de joven había trabajado en una pastelería– cómo se cocinaba tal o cuál pastel, y así pasaban las horas, calmando el hambre con la imaginación. Otros días, Hussey tocaba el banjo y la música funcionaba como un parche en esos corazones melancólicos.

Pasaron muchos días que se hicieron interminables. En pleno mes de junio, mes y medio después de que Shackleton zarpara con su equipo de isla Elefante, empezaron las guardias, durante las cuales un vigía escudriñaba continuamente el horizonte. Pero el barco que los iba a rescatar no aparecía y ellos lo atribuían al hielo, a la niebla, a las tempestades o los retrasos oficiales. Sin embargo, nunca se mencionaba que el *Caird* se hubiera podido hundir. Era algo que no entraba en sus cabezas porque Shackleton había prometido rescatarlos.

Al inicio de cada nueva semana, Wild aseguraba a los hombres que aquella era la definitiva, y que cualquier día verían un barco por la línea del horizonte. Sin embargo, las condiciones eran cada vez más primitivas. Llevaban semanas alimentándose de focas y pingüinos, y los suministros empezaron a escasear. Se terminó la leche en polvo y, lo más dramático: se acabó el tabaco. Wild había intentado mantener la disciplina y había asignado un cometido a cada hombre para ocupar una parte del día en tareas útiles. Unos tenían el encargo de otear el horizonte, otros, de salir a cazar; otros, de aprovisionarse de agua dulce; y uno, de mantener el fuego encendido quemando piel de pingüino con el mínimo de humo posible. Sin embargo, a pesar de la buena voluntad de todos, la isla pronto se convirtió en una cárcel sin escapatoria. Estaban condenados a morir allí.

A mitad de mes, fue necesario amputar los dedos del pie de Blackborow. Los dos médicos lo consultaron entre ellos, vieron que no había otra alternativa y así se lo notificaron a Wild:

–El chico puede enfermar severamente si no practicamos la amputación –aseguró McIlroy.

Se fijó una fecha para la operación y llegó el día. Fue un martes soleado y con rachas de viento moderadas. El buen tiempo aconsejaba no dilatarlo más. Los dos médicos hicieron que todos, a excepción de Hudson, que todavía no se encontraba bien de sus hinchazones en las nalgas, salieran de la tienda. En su interior se encendieron todas las lámparas, durmieron al chico con cloroformo y le practicaron la intervención. Blackborow despertó unas horas después; lo primero que dijo fue:

–Me apetecería un cigarrillo.

A pesar de los rústicos medios con los que contaban, la intervención había sido un éxito y, con el estilo que habían aprendido del jefe, esa noche hubo una celebración. Cantaron canciones en honor del chico; incluso hubo quien contó chistes sobre náufragos.

Las semanas en isla Elefante pasaron de modo inexorable con esta rutina. Cuando llevaban casi cien días en la isla, se empezó a hablar abiertamente del desastre. Al *Caird* podía haberle ocurrido algo, aunque ninguno de ellos sabía qué ni se atrevía a sugerirlo. Estaban a más de mil quinientos kilómetros del punto habitado más cercano y la única esperanza de rescate había partido con Shackleton tres meses atrás. Era impensable que algún barco se alejara de una ruta conocida y recalara en esa isla que estaba en el fin del mundo.

12. La odisea del *James Caird*

El *Caird* partió de isla Elefante el día 24 de abril. Sus tripulantes saludaron desde el bote a los compañeros que se quedaban en la playa rocosa. Recortadas sobre la nieve, vieron cómo las veintidós siluetas agitaban sus gorros y sus manos hasta que el alto oleaje y la densa bruma las borraron de su vista. A partir de ese momento solo verían agua hasta llegar a Georgia del Sur, o hasta que alguna ola se los llevara al fondo.

Los seis hombres del *Caird* pusieron rumbo norte para evitar los bloques de hielo que aparecían en el horizonte. Shackleton estableció turnos de tres hombres: uno al timón, otro para achicar agua continuamente y un tercero a la vela, mientras los demás descansaban.

Unas horas después de zarpar, vieron las montañas de la isla Clarence y pasaron junto a un iceberg lleno de pingüinos.

En ese momento, Worsley puso la proa de la embarcación paralela al hielo, para encontrar el paso que Shackleton había visto el día anterior desde la elevación. Sin embargo, al enfilar hacia esa lengua de mar que debía llevarlos a Georgia del Sur, vieron que estaba llena de pequeños bloques de hielo. Worsley viró el timón otra vez hasta que el bote se quedó inmóvil, balanceándose al ritmo de las olas.

–Esto no me gusta nada –dijo a Shackleton–. Cruzar por ese sitio, a merced de los pequeños icebergs que pueden aplastarnos en cualquier momento, es una locura.

–No tenemos otro remedio –respondió el jefe.

Worsley asintió. No podían hacer nada más. Avanzar: esa era su única misión, robar metros a las olas y acercarse hora tras hora, día tras día, a las islas de Georgia del Sur, situadas a más de mil kilómetros, y llegar a la estación ballenera que habían visitado casi dos años antes.

El capitán se caló la gorra empapada y viró de nuevo el timón. La vela cazó un buen viento del suroeste y el *Caird* se internó en ese campo de hielos. Worsley pilotaba el bote con mano experta para zafarse de los bloques pero, a veces, al evitar uno, la proa chocaba contra otro y la embarcación zozobraba. Al cabo de una hora comprobaron aliviados que el hielo se adelgazaba y pronto entraron en mar abierto.

–¡Al fin! –exclamó Shackleton.

Worsley le sonrió, golpeó el casco del bote con su mano y le habló como se habla a un hijo del que se espera mucho:

–¡Ahora, demuéstranos de qué eres capaz, *James Caird*!

Desplegaron las velas y Shackleton mandó a los cuatro hombres a dormir un rato mientras él y Worsley se encargaban de la primera guardia. A su espalda, podían vislumbrar aún la masa de isla Elefante que se perdía en la noche y entonces el cielo se llenó de miles de estrellas.

De vez en cuando, durante esa primera guardia, Shackleton liaba cigarrillos para los dos. Fumaban y hablaban de mil cosas. El jefe quería charlar y asegurarse de que había hecho lo correcto, pues llevaba encima una carga muy pesada desde hacía casi diecisiete meses.

–Separar la expedición –le confió a Worsley– ha sido lo más duro; odio haber tenido que hacerlo.

–¿Qué otra posibilidad había, Ernest? Creo que has hecho lo que procedía y ha sido la mejor decisión que has podido tomar.

–Sí, quizá sí, pero no dejo de pensar en los veintidós que se han quedado en la isla.

–Los rescataremos, ya verás.

Los dos hombres se miraron en silencio y el *Caird* siguió navegando hacia el noreste, cabalgando sobre gruesas olas que los triplicaban en tamaño. Por delante, los esperaban unas semanas de lucha contra un enemigo al que no podrían batir a no ser que se empeñaran como no lo habían hecho hasta entonces, porque esa primera noche ya vieron que la travesía iba a ser difícil. Llevaban ropa para ir en trineo que no era impermeable, por lo que estaban empapados. Si las terribles olas no los hundían y los cálculos no fallaban, les quedaba un mes en esas condiciones tan deplorables.

* * *

Para el día 26, con un fuerte viento que los impulsaba hacia el norte antes de virar al este, habían recorrido unos buenos doscientos kilómetros. Sin embargo, el interior del bote se había empezado a llenar de agua y tenían que achicarla continuamente. A partir de ese día, avanzaron con mucha lentitud con el viento en contra y recorrían menos de un kilómetro cada media hora. Entonces entraron en el pasaje de Drake.

–Ahora sabremos por qué tiene esta maldita fama entre los marineros de todo el mundo –dijo Worsley empuñando la vara del timón con fuerza.

Los tripulantes se afanaron en achicar el agua mientras los vientos empezaron a soplar a más de ciento veinte kilómetros por hora. Después de unas horas atravesando esas horribles aguas, las velas amenazaban con romperse y a ratos tenían que arriarlas para seguir a remo. Las olas de esa zona se conocían como *barbagris* o *arrolladoras*.

–El problema no es solo que midan casi dos kilómetros de longitud –dijo Shackleton a los de su barca–, sino que su altitud, a veces, alcanza los veinte o treinta metros.[50] Pero... ¿qué es esto para nosotros, muchachos? Nada, escuchad lo que os digo. No hay nada que pueda con este bote.

Durante horas interminables, el bote tenía que remontar las encrespadas masas de agua que se le ponían delante como murallas. La nieve y el hielo colgaban de los cables, de la vela y del ancla del *Caird*, y había que quitarlos con ayuda de un hacha. El oleaje era intenso y de poco servía la lona que cubría buena parte del bote, pues el agua se colaba por todas partes.

Al día siguiente, empezó a llover con intensidad y el viento los llevó aún más al norte, hacia lo que parecía una zona todavía más peligrosa. Por suerte, tras veinticuatro horas dentro de ese ojo de huracán, los vientos amainaron y dejó de llover. Sin embargo, para entonces los hombres y el equipo estaban muy deteriorados. El mismo Shackleton notó que se le reproducía el ataque de ciática que lo había tenido incapacitado durante dos semanas en el campamento Paciencia. El daño en los libros de navegación de Worsley era casi irreparable.

El capitán comprobó que muchas páginas estaban tan maltrechas y mojadas que apenas podían leerse, lo cual era motivo de preocupación, ya que eran fundamentales para llegar a Georgia del Sur. Debía hacer todas las mediciones

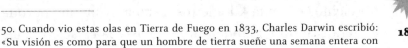

50. Cuando vio estas olas en Tierra de Fuego en 1833, Charles Darwin escribió: «Su visión es como para que un hombre de tierra sueñe una semana entera con el peligro y la muerte».

posibles con su sextante para determinar la posición. Por eso intentaba sujetarse al mástil y captar dónde estaba el Sol, aunque solo fuera por un momento, pero no podía. El bamboleo del barco era tan intenso que no había modo de fijar una posición. Por suerte, Vincent y McCarthy lo cogían de las piernas y la espalda para mantenerlo inmóvil, y así trataba de calcular su situación con ayuda del instrumento. Por la noche, con las estrellas como guía, pudo establecer el rumbo; gracias a una cerilla y la brújula, terminó de fijarlo.

Otra dificultad a la que debieron enfrentarse fue la incomodidad para dormir, porque el fondo del bote estaba lleno de piedras que daban peso y solidez a la navegación, piedras que debían cambiar de posición para nivelar la barca. El frío era tan intenso que se congelaba todo, las cuerdas del mástil, las velas, la proa, el ancla... McNish y Crean estaban helados y con el pulso muy débil. Habían empezado a racionar el alimento por si la travesía duraba más de lo previsto.

* * *

Al quinto día de travesía, de madrugada, las nubes se abrieron por un instante y dejaron paso a un sol tímido y vacilante que les saludó perezosamente. Worsley aprovechó ese momento y comprobó que habían recorrido unos trescientos ochenta kilómetros. Estaba exultante, porque eso era casi un tercio del camino hasta la estación ballenera noruega.

Pero, tras este espejismo, el cielo se encapotó de nuevo y durante tres días se metieron en una galerna horrorosa que no les permitió obtener la posición, de modo que Worsley debía navegar dejándose llevar por su intuición.

–Lo estás haciendo condenadamente bien –le decía Shackleton–. No creo que esos aprendices de Nelson[51] o Drake[52] pudieran hacerlo mejor –se reía.

Por suerte, después de luchar setenta y dos horas a brazo partido contra la tormenta, los vientos amainaron. Dejaron de caer las últimas gotas de aguanieve y entonces vieron volando, a pocos metros del bote, un inmenso albatros blanco con las alas extendidas. Era casi tan grande como la propia embarcación. Por esas extrañas paradojas de la naturaleza, al animal no le afectaba la tormenta, mientras que a ellos estaba a punto de tragarlos.

–Debe de proceder de Georgia –dijo Worsley– y habrá cubierto la distancia con la isla en quince horas o menos.

....

51. Horatio Nelson, primer vizconde Nelson (1758-1805), también se le conoció como almirante Nelson. Fue un famoso marino que destacó durante las Guerras Napoleónicas y consiguió su principal victoria en la batalla de Trafalgar, en la cual perdió la vida.

52. Sir Francis Drake (1543-1596) fue un pirata inglés, explorador, comerciante de esclavos, político y vicealmirante de la Marina Real Británica. Encabezó muchas expediciones navales contra los intereses españoles en la península Ibérica y en las Indias. Después de Elcano, fue la segunda persona que dio la vuelta al mundo. Participó en el ataque a Cádiz de 1587 en la derrota de la Armada invencible y en el ataque a La Coruña de 1589. Las autoridades españolas lo consideraron como un pirata, mientras que en Inglaterra se le valoró como corsario y se le honró como héroe, hasta el punto de que, en recompensa por sus servicios, fue nombrado caballero por la reina Isabel I.

Lejos de desanimar a los hombres, este comentario sobre lo cercano de su objetivo, pareció confortarlos. Crean preparó un poco de leche caliente, que contribuyó a animarlos, y siguieron luchando contra las olas.

* * *

Para el 3 de mayo, unos diez días después de zarpar de isla Elefante, la tormenta amainó definitivamente. Entonces empezó a soplar un brisa en dirección sur y en el cielo se abrieron jirones azules entre el mar de nubarrones que los había acompañado hasta entonces. Tras medir con el sextante, Worsley verificó que habían cubierto algo más de la mitad del camino.

–Tres días –dijo Shackleton esperanzado–, tres días más y podemos llegar a Georgia.

La bonanza sirvió para que el *Caird* cambiara su imagen. Los hombres, al ver los primeros rayos de sol en muchos días, sacaron las ropas y los sacos mojados para colgarlos de los cables, o los pusieron encima de las bordas del bote. Por la tarde, el sol había logrado secar casi por entero cuanto colgaba de la barca.

Sin embargo, poco duró la alegría. Al día siguiente, el tiempo cambió de nuevo: aumentó la velocidad de los vientos y los cielos se cubrieron. McNish y Crean estaban de guardia esa noche, mientras el resto dormitaba en los sacos en el fondo de la nave. Tras un día de tormenta, a

Crean le pareció que la línea del horizonte brillaba y que se terminaba la pesadilla; entonces respiró aliviado. Estaba a punto de encender su pipa para festejarlo cuando oyó un silbido seguido de un rugido. Se dio la vuelta y a pocos metros de distancia vio una pared de agua que se les echaba encima.[53]

–¡Por Dios bendito, –gritó– nos arrolla!

La embarcación empezó a subir por la pared de agua y en un instante fue engullida y expulsada hacia adelante. Por unos momentos, todo fue azul y el cielo se confundió con el mar, de modo que no supieron si navegaban por debajo o por encima de la inmensa ola que se los había tragado. Cuando se vieron lanzados hacia un lateral, todos empezaron a achicar el agua con lo que encontraron a mano. Era seguro que una segunda ola de esas dimensiones los llevaría al fondo del océano directamente.

Tardaron más de dos horas en vaciar el bote de agua. Al terminar, Crean se puso a arreglar el pequeño hornillo,

53. El 5 de mayo, Shackleton estaba al timón del *Caird* cuando divisó una línea clara en el cielo. Lo plasmó así en sus notas: «Dije a los hombres que el cielo parecía despejarse, y un minuto después me di cuenta de que lo que yo había visto no era un claro entre las nubes, sino la blanca cresta de una enorme ola. A lo largo de veintiséis años de experiencia en el océano, y habiendo conocido todo tipo de adversidades, jamás había visto una ola tan gigantesca. Experimentamos una terrible sacudida... La espuma surgía blanca del mar abierto que nos rodeaba, sentimos cómo nuestro bote era elevado y quedaba suspendido como un corcho en medio del oleaje... De alguna manera el bote consiguió aguantar lleno de agua hasta la mitad... Bregamos con la energía de los hombres que luchan por salvar sus vidas, achicando el agua con cualquier recipiente que caía en nuestras manos y, después de diez minutos de incertidumbre, sentimos que el bote revivía igual que nosotros».

que había sido aplastado en el fondo de la embarcación. Con los dientes bien prietos logró desenredar el amasijo de hierros y pudo calentar algo de leche.

* * *

Trece días de navegación en un mar imposible, sufrir varias tormentas terroríficas y ser arrollados por una ola gigantesca, hizo a los expedicionarios cambiar de actitud. Si hasta entonces habían intentado llegar a las islas de Georgia, a partir de ese día, 6 de mayo, estaban determinados y convencidos de que iban a conseguirlo sin importarles el coste.

La niebla persistía y, aunque se abrían claros aquí y allá, no eran suficientes para que Worsley concretara sus mediciones. El capitán estaba desesperado porque no podía fallar. Con todo, optó por intentar fijar el centro del Sol que veía a través de la bruma. Repitió la operación varias veces y luego hizo una media de todos los cálculos. Si fijaba mal el recorrido y se desviaba un grado en sus previsiones, sabía que después de Georgia del Sur, la siguiente tierra habitada era... Sudáfrica, a más de tres mil kilómetros de distancia. Finalmente, tras un buen rato de sumas, restas y divisiones, determinó:

—Nos encontramos a 54° 38' sur y 39° 36' oeste, a poco más de cien kilómetros de la isla.

Los ojos y los oídos llenos de salitre se concentraron desde ese momento en ver u oír algún sonido familiar, como el romper de las olas contra unos arrecifes o el de las aves en el cielo. El día pasó sin sobresaltos y nada sucedió hasta la madrugada. Sobre las cuatro de la mañana, Shackleton se unió a la guardia de Worsley para ayudarlo a vislumbrar tierra. En esos momentos el *Caird* avanzaba a tres nudos. Si los cálculos no estaban equivocados, debían de estar a unos veinte kilómetros de la costa.

Sobre las siete de la mañana se encontrarían a menos de quince kilómetros, pero aún no se divisaba nada en el horizonte. El tiempo corría inexorablemente, como el *Caird* sobre las olas, y los nervios aumentaban minuto a minuto. Las cimas de la isla alcanzaban casi tres mil metros de altura y deberían ser visibles desde su posición, a no ser que se hubieran desviado unos grados, lo cual sería una desgracia enorme.

A las ocho todo seguía igual y Shackleton abandonó su guardia para dormir una hora. El resto de la tripulación se había levantado y tenía los ojos fijos en el horizonte, aunque no conseguía ver nada entre la niebla. A las nueve, el jefe ordenó a Crean que preparara algo de desayuno. Sobre las diez y media avistaron un cormorán y sus corazones saltaron alborozados, porque estas aves rara vez se aventuran más allá de los veinte kilómetros de la costa.

Poco a poco, la niebla empezó a deshacerse, aunque sobre el agua seguían flotando jirones de nubes, como una sábana perezosa que se desliza sobre una cama. El día se levantó a eso de las doce, pero solo podían ver agua.

McCarthy estaba desesperado. Si Worsley había equivocado sus cálculos, su destino estaba echado y permanecerían en el océano hasta que una ola los engullera. Por eso se levantó inquieto de su banco y se agarró al mástil del *Caird*. Sus ojos no podían creer lo que tenía delante.

–¡Tierra! –chilló.

Señaló justo enfrente. Ahí estaba, elevándose como una fortaleza llena de nieve, a unos quince kilómetros de distancia: Georgia del Sur. Pocos minutos después, las nubes ocultaron los montes helados, pero ya daba igual. Worsley había fijado su posición y el *Caird* empezó a navegar hacia la isla de los balleneros. En todos los rostros se dibujaron sonrisas de triunfo. Shackleton fue el único que habló:

–Lo hemos conseguido –dijo.

Los demás se quedaron en silencio. Solo miraban al frente, deseando que la visión reapareciera ante su vista otra vez. Contrastaron el mapa y supusieron que debía de tratarse del cabo Demidov, situado a unos veinte kilómetros del punto previsto de llegada.

* * *

Sobre las dos y media del mediodía estaban a cinco kilómetros escasos de la isla y ya se adivinaban los colores de la hierba y los arbustos. Eran los primeros indicios de algo vivo que veían tras dieciséis meses varados en los hielos. Sin embargo, estaban en una zona de acantilados y no tenían claro dónde atracar. Frente a ellos solo encontraban paredes de roca negra y de hielo. Si estaban frente al cabo Demidov, tenían dos alternativas: la bahía del rey Haakon,[54] situada a unos quince kilómetros, o el puerto Wilson, que estaba en el lado norte de la isla, para lo que deberían navegar alrededor de ella durante un par de días más. Se decantaron por la primera opción, pues el viento les era favorable. Aunque tuvieran que aguardar hasta la noche para entrar en la bahía, preferían esa opción a la de alargar dos días más la navegación.

Esa noche se vieron azotados por otra tormenta; poco después de anochecer, sobre las seis de la tarde, el viento giró, empezó a llover y se levantaron olas de varios metros entre ellos y la bahía. Pareció afectarles muy poco después de todo lo que habían sufrido. Tenían la certeza de que iban a llegar.

—Es solo cuestión de tiempo, muchachos, solo de tiempo. Ya estamos aquí.

De madrugada, los vientos alcanzaron los cien kilómetros por hora. Pasaron el día achicando agua, moviendo las piedras del fondo del bote para nivelar la barca y

---

54. Llamada así en honor de Haakon VII (1872-1957), rey electo de Noruega desde 1905 hasta 1957. Fue príncipe de Dinamarca. Se convirtió, por elección popular, en el primer soberano de una Noruega independiente en más de quinientos años. Destacó por su vocación democrática y la defensa de la soberanía de su país durante la invasión alemana en la Segunda Guerra Mundial.

luchando contra la tormenta. Sobre las nueve de la noche estaban exhaustos.

–Está aclarando –chilló Worsley, que tenía la vista fija en el horizonte.

Era cierto. El cielo había empezado a abrirse y las primeras estrellas brillaban en el firmamento. La tormenta se había rendido, sabía que había perdido la partida que había jugado contra aquellos valientes durante quince interminables días. Estaban a menos de un kilómetro de la bahía y hasta medianoche siguieron sacando agua para no hundirse.

A la mañana siguiente, las cosas seguían más o menos igual: veían la costa muy cercana, pero no podían acceder a ella. Alguien parecía empeñado en que no alcanzaran la isla, ya que sobre las tres y media de la tarde, empezó a soplar viento directamente desde la isla que los alejaba de su posición. Shackleton ordenó arriar las velas y coger los remos. A lo lejos, entre las olas, el jefe había visto una pequeña cala. Allí se dirigieron y sobre las cuatro, el *James Caird* chocó contra las rocas de la caleta.

Shackleton saltó a las rocas y sujetó la barca para que no se la llevara la resaca. Los demás desembarcaron en Georgia del Sur lo más rápidamente que pudieron. Se arrodillaron y besaron la tierra, riéndose como locos y abrazando a Worsley y al jefe. Era el 10 de mayo de 1916.

Habían zarpado de isla Elefante diecisiete días antes y acababan de desembarcar en la isla de la que habían partido hacía quinientos veintidós días. Estaban agotados, pero se las arreglaron para encajar las manos unos con otros: lo habían conseguido. Habían atravesado los mares más peligrosos en una embarcación diminuta desafiando las leyes de la prudencia.

A su espalda oyeron un ruido de cascabeles y vieron una corriente de agua pura que saltaba por la falda de la montaña. Los seis bebían directamente de ella momentos después. Acto seguido, hicieron una cadena y empezaron a desembarcar los fardos que estaban en el interior del *Caird* para poder llevar la barca a tierra. No tuvieron fuerzas para levantar el bote, así que lo ataron a las rocas con una cuerda y Shackleton estableció guardias de una hora para vigilar que no se lo llevara la corriente.

–Yo haré la primera –les dijo.

–¿Seguro, jefe? –preguntó Crean, ofreciéndose para sustituirlo.

–Seguro, Tom; vete a descansar. Me encargo de la primera. Reemplázame en dos horas.

Los demás llevaron su exiguo equipaje a un amplio boquete abierto en la roca y allí prepararon algo de comida caliente. Al terminar, se pusieron a dormir en los sacos, dentro de la pequeña abertura que habían encontrado, y nada ocurrió hasta las dos de la mañana. Crean estaba de guardia cuando la corriente rompió la cuerda del *Caird*. El irlandés no lo dudó y se lanzó al agua para que el mar no se llevara el bote, mientras gritaba:

—¡Ayuda!

El resto se despertó y corrió hacia las rocas. Vieron que Crean estaba sumergido en el agua hasta la cabeza y que intentaba aguantar al *Caird*. McNish y Worsley se echaron al agua para ayudarlo y entre todos intentaron subirlo a resguardo, pero tampoco en esta ocasión tuvieron las fuerzas suficientes. Estaban demasiado agotados.

Esa mañana, mientras vigilaban que la corriente no se llevara el bote, Shackleton tomó la decisión:

—No bordearemos la isla hasta el puerto ballenero —dijo—, sino que tres de nosotros cruzaremos la isla a pie para pedir socorro a los noruegos. Por mar sería una travesía de más de doscientos kilómetros y por tierra será más corta.

Exactamente, por tierra solo deberían cruzar cuarenta kilómetros de glaciares y ascender cimas heladas de casi tres mil metros. Nadie hasta entonces se había atrevido a hacer tal cosa.

13. Stromness

Shackleton sabía que hacía más de ochenta años que en Georgia del Sur operaban varias factorías balleneras. Lo que desconocía era que nadie había intentado cruzar la isla a pie, pues era imposible. Lo único que había dibujado en su mapa era el contorno de la gran isla, pero su interior estaba vacío. Nadie se había atrevido a explorarla.

Shackleton anunció su decisión durante el desayuno y los otros cinco expedicionarios callaron, porque sabían que no había otra alternativa.

–Iremos Worsley, Crean y yo –dijo mientras comían las pocas galletas que quedaban en el barril. Ahora, a descansar; nos lo tenemos bien merecido.

Se echaron bajo el risco de la playa y durmieron buena parte del día sin interrupción. A la mañana siguiente examinaron la zona, para ver si podían empezar la travesía de la isla desde ese punto. Desgraciadamente, los acantilados que tenían sobre sus cabezas no se podían escalar.

–Entonces navegaremos hasta el fondo de la bahía –anunció el jefe– y así acortaremos la distancia hasta la estación unos diez kilómetros.

Dos días más tarde zarparon de nuevo y se adentraron en la bahía del rey Haakon. Atracaron un par de horas después en una playa llena de piedras a la que llamaron campamento Peggotty.[55]

Shackleton estaba ansioso por empezar el recorrido. Pensaba en los veintidós tripulantes del *Endurance* que había dejado en isla Elefante y no quería permitirse un descanso más prolongado de lo estrictamente necesario.

–La luna está casi llena –dijo–; eso nos facilitará la travesía por el interior de la isla hasta la otra costa. Su luz nos será de gran ayuda, porque debemos cruzar glaciares y cimas muy altas.

–Exacto –dijo Crean–, no podremos detenernos sin riesgo de congelarnos.

El día 16 de mayo, McNish se dedicó a fijar media docena de tornillos del *Caird* en cada una de las botas de los expedicionarios a modo de rudimentarios crampones[56] para no resbalar en el hielo. Se decidió que

55. Dieron al campamento este nombre en homenaje a la casa que habitaba la pobre pero honrada familia que dio cobijo a David Copperfield, el protagonista de la novela de Charles Dickens del mismo nombre, muy popular en Inglaterra desde su publicación en 1850.

56. Los alpinistas aplican crampones a las suelas de sus botas. Se trata de una plataforma de metal con punzones que se clavan en el hielo para no resbalar durante las ascensiones.

viajarían muy ligeros, solo con el hornillo, seis comidas, una cuerda de cincuenta metros y los prismáticos.

–No llevaremos tienda ni sacos de dormir –dijo el jefe.

Lo único superfluo que Shackleton autorizó a llevar fue el diario de Worsley, para anotar lo que les sucediera durante la travesía.

Antes de partir, el jefe pidió a McNish su diario y escribió en él:

Georgia del Sur, 18 de mayo de 1916

Apreciado Henry:

Voy a tratar de llegar a Husvik, en la costa este de esta isla, para que nos rescaten. Te dejo al mando de Vincent y McCarthy. Te quedarás aquí hasta que llegue la ayuda. Tienes suficiente comida y combustible, y podéis pescar o cazar pájaros, según vuestras habilidades. Os quedáis con el arma de fuego y cincuenta cartuchos. Podréis sobrevivir un período ilimitado de tiempo si no regresamos. Si debéis zarpar para buscar ayuda hasta la costa este, mejor esperad a que finalice el invierno. El recorrido que emprendemos hacia Husvik es el este magnético. Espero que os rescaten en pocos días.

Tuyo sinceramente,
E. H. Shackleton

Después del desayuno, se estrecharon las manos alrededor del *Caird*, y McNish los acompañó unos cientos de metros hacia el monte cubierto de nieve que tenían delante. Eran poco más de las tres de la madrugada cuando los tres hombres se perdieron entre los riscos.

—Suerte —musitó McNish al ver que trepaban por el acantilado.

Los tres subieron sin parar, agarrándose a las rocas heladas, y al coronar ese pequeño monte vieron que McNish los observaba desde abajo. Le saludaron con la mano. El carpintero les devolvió el saludo y luego vio cómo se perdían por la cresta nevada. Después regresó junto a los otros dos, que se calentaban con el hornillo junto al *Caird* en el campamento Peggotty. Se dispuso a esperar y a rezar para que el jefe, Crean y Worsley llegaran sanos y salvos al otro lado de la isla.

Cuando salió el sol, Worsley estimó que habrían recorrido unos siete kilómetros. Entonces aceleraron la marcha, pues no podían pasar la noche al raso. No llevaban tiendas ni sacos y tenían que escalar montes muy altos. La noche no los podía sorprender en sus picos. Los empezaron a subir paso a paso con Shackleton a la cabeza. Estaban agotados, pero sabían que solo podían concederse los mínimos descansos o perecerían helados.

A su izquierda, los blancos glaciares descendían hasta el
mar y delante de ellos tenían inmensas masas heladas que
se extendían en la lejanía, al menos, diez kilómetros más.

Al llegar a la cima del primer monte descansaron unos cinco minutos y bajaron con cuidado, sorteando las resbaladizas placas de hielo. Sobre las tres de la tarde ascendieron una pequeña cordillera y se situaron a casi dos mil metros. Frente a ellos tenían un glaciar que se adentraba hasta la otra costa y empezaron a recorrerlo con sumo cuidado. Las grietas eran traicioneras y muchas de ellas estaban ocultas por las nieves recién caídas. Los descansos eran cada vez más largos, la noche caía sobre ellos y el frío se hacía más intenso. La ventisca no había dejado de soplar durante todo el día. Tras unos minutos de reposo, el jefe se levantó y agitó por los hombros a Worsley y a Crean.

–Ánimo, muchachos –los animó–, no podemos detenernos. Si no podemos descender, moriremos congelados.

–Así de simple –dijo Worsley levantándose para reemprender la marcha.

Siguieron andando hasta medianoche y se tomaron otro descanso. Sobre las doce y media, descendieron hasta los mil quinientos metros y el camino se niveló. A lo lejos, se veía brillar el agua de la otra costa y siguieron bajando gradualmente, mirando muy bien dónde ponían los pies. De vez en cuando se detenían a descansar; entonces tanto Worsley como Crean se dormían uno junto al otro. Cuando el mismo Shackleton percibió que cabeceaba de modo apacible, se dio cuenta de que había llegado el momento de ponerse otra vez en marcha. Sabía que en la Antártida eso era una muerte segura; dulce, pero segura.

Sobre las seis de la mañana alcanzaron un risco y al otro lado parecía que una suave bajada los llevaría al mar, pues nada les impedía el paso hacia la costa.

–Es demasiado bonito para ser verdad –dijo Worsley al ver cómo las aguas brillaban al otro lado del monte nevado.

Empezaron a bajar y se detuvieron sobre los mil metros para preparar algo de desayuno. Sobre las seis y media de la mañana Shackleton les mandó guardar silencio.

–¿Habéis oído? –dijo–. Me ha parecido oír un silbido.

Era la hora en que la factoría ballenera despertaba a sus trabajadores. Los tres engulleron el desayuno aprisa y Worsley sacó el cronómetro.

–Si lo que hemos oído es realmente el silbido de la factoría, deberá sonar otra vez a las siete en punto.

–Exacto –dijo Crean–. Es la hora en que empiezan a desollar las ballenas.

Empezaron a andar de nuevo. Worsley lo hizo con el cronómetro en la mano. Pasaron los minutos uno tras otro: las seis y cincuenta, cincuenta y dos, cincuenta y siete... A las siete en punto otro silbido perforó el aire de la isla y la boca de los tres hombres que andaban por el glaciar se curvó en una sonrisa bajo sus largas barbas.

Para los balleneros, ese silbido era algo habitual, pero para ellos era el primer sonido civilizado que les llegaba en casi diecisiete meses de expedición. Estaban a escasos kilómetros de la factoría de Stromness y solo los separaba de ella un último escollo. Era un monte de unos mil metros; al terminar su descenso estaban seguros de que se encontrarían al otro lado de la isla. Se quedaron mirando la pequeña bahía en silencio hasta que Shackleton les avisó:

–Venga, bajemos.

Estaban agotados y sus piernas flaqueaban. Llevaban más de treinta horas sorteando glaciares y subiendo montes. Con el equipo adecuado y en perfectas condiciones, esta hazaña se habría llevado a cabo en varios días. Después de un último esfuerzo, coronaron la cima nevada y abajo vieron las volutas de humo que se elevaban desde las dependencias de la factoría noruega.

La última pendiente no era excesivamente pronunciada, pero habían llegado al límite de sus fuerzas y apenas se mantenían en pie.

–Tendremos que deslizarnos –dijo Shackleton al ver, a sus pies, la pendiente que bajaba hacia el valle salpicado por placas de nieve.

–Esto nos será muy útil –dijo Worsley desenrollando la cuerda que llevaba en el hombro.

La puso en el suelo como si fuera un trineo y los tres se sentaron encima. Si encontraban piedras a mitad de la bajada, nunca llegarían a Stromness. En su lugar, lo que había era una plácida pendiente por la que se deslizaron riendo, como si estuvieran jugando en un parque sobre un tobogán de nieve. Al final de esta última bajada, se toparon con un precipicio de una docena de metros. Se descolgaron por la cuerda hasta que llegaron al llano donde, a pocos kilómetros de distancia, los esperaba la estación ballenera.

Un agradable paseo cuesta abajo conducía a la factoría. Recuperaron el aliento y empezaron a andar como zombis por el llano. Estaban tan agotados que las articulaciones iban solas, la cabeza apenas pensaba y solo tenían en mente llegar. Su ritmo era muy lento. Los pies les pesaban más que nunca. Entonces recordaron el aspecto que tenían y se rieron con esa risa nerviosa de los que han pasado por todo tipo de tribulaciones y saben que, al final, todo ha terminado bien. Los cabellos les llegaban a los hombros, tenían la barba muy crecida, descuidada, llena de salitre y de aceite. Sus ropas, además de rotas, apestaban. Se miraron unos a otros y empezaron a reírse de nuevo.

A ese lado de la isla el aire olía a pescado y a mar. Soplaba un tímido airecillo desde el monte que los empujaba hacia el puerto de los balleneros. Allí, entre la niebla matinal, se adivinaban unos faroles encendidos y los mástiles de dos naves atracadas en el muelle junto a los altos tejados de la factoría.

–Ha sido curioso –confesó Shackleton a Crean y a Worsley mientras se aproximaban al puerto–. Durante toda esta noche, he tenido la sensación de que no éramos tres los que atravesábamos los glaciares, sino cuatro, como si alguien más nos acompañara durante todo el trayecto desde que salimos del otro lado de la isla.[57]

–Jefe –dijo Worsley–, a mí me ha pasado lo mismo. Tenía la sensación que un cuarto hombre nos acompañaba. Si creyera en los ángeles, diría que ha sido uno de ellos, incluso diría que ha sido uno de los importantes, el que nos ha guiado hasta aquí.

* * *

En Stromness eran ya las cuatro de la tarde. El capataz de la explotación, Mathias Andersen, supervisaba cómo sus hombres descargaban un barco. Hacía muchas horas que había empezado el turno de trabajo y quedaba poco para que la sirena de la factoría diera por finalizada la jornada. Detrás de él oyó unos gritos que lo sobresaltaron. Al volverse, vio a su hijo y a otro muchacho que corrían por la pendiente del monte hacia el puerto. Sus caras y sus gritos eran la imagen del horror. Tras los chicos se acercaban tres hombres que parecían salidos de las cavernas. Mathias Andersen se quedó mudo de asombro ante la aparición, que parecía sacada de una historia de Allan Poe.

57. Shackleton y Worsley sufrieron la alucinación de viajar acompañados. Esta sensación es la que describe el poeta T. S. Elliot en unos conocidos versos de *La tierra baldía*:
«Cuando cuento, solo estamos tú y yo, juntos,
pero cuando miro hacia adelante en el camino blanco
siempre hay otro que anda a tu lado».

No eran hombres que trabajaran en la factoría ballenera, de eso no había duda. Cuando los tuvo más cerca, vio sus pobladas barbas y unos rostros ennegrecidos por el humo en los que los ojos brillaban como ascuas. Los hombres que descargaban el barco detuvieron su actividad en silencio y también miraron al curioso grupo que se acercaba hacia ellos. Las manos se detuvieron y docenas de ojos se clavaron en los tres hombres que salían del monte. Lo más raro era que los tres recién llegados, escuálidos y sucios, sonreían de orgullo y satisfacción. Llegaron hasta ellos y el que iba en el centro se adelantó y les dijo en inglés:

–¿Nos llevarían ante Anton Andersen, por favor?

El capataz negó con la cabeza.

–Ya no trabaja aquí –le respondió–. Thoralf Sorlle lo reemplazó hace meses.

–Bien –sonrió el sucio hombre de las cavernas–. Conozco a Sorlle.

El capataz, seguido de esos tres extraños hombres y también del resto de los trabajadores, se acercó a la casa del director de la factoría, que estaba solo a unos cien metros del puerto. Era una casita encalada con tejado a dos aguas. De su pequeña chimenea se elevaba al cielo un hilo de humo celeste que indicaba que la hora de la cena estaba cercana.

Andersen llamó a la puerta y aguardaron hasta que el mismo Sorlle salió a abrir. El alto noruego iba en manga corta. Estaba tal como Shackleton lo recordaba y seguía luciendo un hermoso mostacho rubio que brillaba en su tez morena. Al ver a los tres hombres, Sorlle dio un paso atrás asustado. Interrogó con la mirada a Andersen, pero este no dijo nada.

–¿Quiénes demonios sois? –les preguntó perplejo al verlos.

El hombre que estaba en el centro, el más delgado de los tres, se adelantó y le tendió una mano:

–¿No me recuerda? –dijo en inglés–. Soy Shackleton.

Todo lo que Sorlle reconoció en él fueron esos ojos profundos y azules en los que seguían flotando los icebergs. Luego el gerente se dio la vuelta y sollozó. De inmediato los invitó a pasar a su casa y dio unas órdenes para que les prepararan un baño caliente. Cuando los tuvo sentados en la mesa de la cocina y les hubo preparado un té caliente con galletas, Shackleton le preguntó algo que le había carcomido durante meses:

–Dígame, ¿cuándo acabó la guerra?

El gerente le respondió incrédulo:

–La guerra no ha acabado. Hay millones de muertos. Europa está loca. El mundo está loco.

Los tres hombres tragaron saliva, pero siguieron sorbiendo su té en silencio, pensando en los veintidós hombres que habían dejado en isla Elefante.

14. *By Endurance We Conquer* ('si resistimos, vencemos')

Los balleneros pusieron todo lo que había de confort en la estación a disposición de Shackleton, Crean y Worsley. Los tres se regalaron un merecido baño y un buen afeitado. Luego se vistieron con ropas nuevas y limpias para sentirse humanos por primera vez en muchos meses. Esa misma noche, Worsley se embarcó en el ballenero *Samson* para rescatar a los tres hombres que se habían quedado en el campamento Peggotty. A la mañana siguiente regresó con ellos, tras bordear casi toda la isla. En el ballenero también trajeron el bote *James Caird* con el que habían cruzado los casi mil quinientos kilómetros de mar gruesa y tormentosa, desde las aguas heladas de isla Elefante hasta Georgia del Sur.

La noticia de la llegada de la expedición perdida corrió por la estación como la pólvora. Docenas de balleneros noruegos, que ya sabían de la hazaña, se dirigieron al puerto.

Las sirenas del *Samson* anunciaron con estridencia la llegada de los otros tres supervivientes y los balleneros se disputaron el honor de desembarcar el bote *Caird* sobre sus hombros para llevarlo a tierra.[58]

Esa noche, los seis náufragos se reunieron en la gran sala de la factoría y vieron que esta se había llenado de capitanes, marineros y humo de tabaco. Todos los hombres bebían a la salud de los valientes que acababan de cruzar en bote los mares más bravos de la tierra y escuchaban embelesados su travesía.

Cuatro veteranos capitanes noruegos, de barba blanca, ojos claros y frente surcada de finas arrugas, se abrieron paso entre la multitud que agasajaba a los recién llegados y se les acercaron tímidamente. Sorlle se puso a su lado y les tradujo al inglés lo que los cuatro hombres les tenían que decir:

–Hemos cruzado estas aguas del Antártico durante más de cuarenta años –afirmaron rotundamente los lobos de mar con los ojillos brillantes por la emoción–. Solo queremos estrechar las manos y brindar a la salud de los que han atravesado el mar desde isla Elefante a través del pasaje de Drake[59] en un bote de siete metros.

---

58. El bote *James Caird* se conserva en el museo del colegio de Dulwich, donde estudió Shackleton, y se puede visitar.

59. Esa misma tarde supieron que un vapor de quinientas toneladas había zozobrado con toda su tripulación, víctima del mismo huracán que ellos habían resistido en el *Caird*, en su travesía hacia Georgia del Sur.

–Señores –dijo el más veterano–, lo que ustedes han hecho es una heroicidad.

Los expedicionarios agradecieron las muestras de afecto y brindaron con ellos.

–¡A la salud de los veintidós de isla Elefante! –dijo Shackleton elevando su jarra de cerveza.

Durante los días siguientes, Shackleton solo tenía una cosa en mente: el rescate de los hombres que se habían quedado en la isla. Para hacerlo, se las había arreglado para que le alquilaran el *Southern Sky.*

–Mañana zarpamos a rescatarlos –dijo ilusionado al entrar en el cuarto que ocupaban en la hostería de la estación ballenera.

De este modo, los tres zarparon hacia isla Elefante a bordo del pequeño vapor. Sin embargo, el buque encontró hielos muy duros a los tres días de zarpar y una semana después, agotado el combustible, la nave se vio obligada a regresar a Georgia del Sur, donde no quedaba más carbón.

–No podemos rendirnos ahora, después de lo que hemos pasado –dijo el jefe al entrar de nuevo en la factoría ballenera.

–Por supuesto que no –dijo Worsley–; tendremos que tocar otras teclas.

–Las tocaremos todas, Frank, no te preocupes.

Shackleton arrendó entonces un cúter y se dirigió a las islas Falkland. Desde puerto Stanley,[60] sir Ernest lanzó

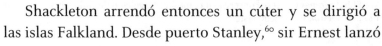

60. Stanley es la población más grande de las islas Malvinas y la capital del Territorio

una desesperada petición de auxilio, tanto a su patria como a los países americanos. A su angustioso cable pidiendo socorro, respondió el propio rey Jorge V de Inglaterra, con flema muy británica:

«Encantado de saber que llegó sano y salvo a las islas Falkland. Espero que sus camaradas de la isla Elefante sean pronto socorridos».

Sabía que el Reino Unido poco podía hacer para auxiliarlos, porque estaba agobiado por el tremendo peso de su compromiso bélico en Europa. Así que, apremiado por el tiempo, no dejó resorte sin tocar. El cable y el telégrafo sin hilos vibraron con su urgente llamada. El 3 de agosto, más de tres meses después de su partida de la isla, le llegó la noticia de que el gobierno británico preparaba el barco que había llevado a Scott a la Antártida, el *Discovery*, para realizar el rescate.

–No nos dará tiempo –le comentó a Worsley al recibir el telegrama en su habitación del hotel en puerto Stanley–. Antes de que atraque aquí, habrá llegado el invierno antártico a isla Elefante y los hombres perecerán de frío.

Británico de Ultramar de esas islas. La ciudad forma parte del departamento Islas del Atlántico Sur de la provincia de Tierra de Fuego, Antártida e islas del Atlántico Sur. Era un importante centro de caza de ballenas en el Atlántico Sur y la Antártida. Años más tarde se convirtió en una fuente de carbón para la Marina Real Británica, lo que hizo que las islas se transformaran en fondeadero de los buques que participaron en la batalla de las Islas Malvinas durante la Primera Guerra Mundial.

También el gobierno noruego ofreció el *Fram*, el mismo barco que había usado Amundsen para llegar al Polo; y el gobierno estadounidense preparó el *Roosevelt*. Pero no había tiempo. Esas naves tardarían varios meses en llegar a puerto Stanley, y antes llegaría el terrible invierno austral. Luego probó suerte con el gobierno argentino y solicitó la corbeta *Uruguay*, pero la vieja nave ya había sido dada de baja y eliminada del servicio.

Sin embargo, su petición de auxilio llegó a Montevideo. El gobierno uruguayo puso a su disposición un pequeño buque pesquero de arrastre, el *Instituto de Pesca n.° 1*. Con esta segunda nave intentó el rescate. Zarpó desde puerto Stanley hacia el sur pero, a tan solo treinta millas de su destino, la barrera de hielo, como un muro infranqueable, le impidió seguir. Con un nuevo fracaso, se vio obligado a regresar a las islas Falkland.

En estas dramáticas circunstancias, Shackleton, a quien acompañaban Crean y Worsley en todas las gestiones,[61] infatigable e irreductible ante el infortunio, comprendió que debía encontrar una base de operaciones que contara con más recursos que puerto Stanley. Así, resolvió trasladarse en un cúter a Punta Arenas,[62] con la esperanza puesta en Chile.

---

61. Shackleton autorizó a McNish, McCarthy y Vincent a regresar a Gran Bretaña semanas antes, cuando todavía estaban en Georgia del Sur.

62. Punta Arenas es una ciudad y puerto del extremo austral de Chile y del continente americano. Está localizada a 53° 10' 01" sur, 70° 56'01" oeste, en la península Brunswick y a orillas del estrecho de Magallanes, en la Patagonia y a pocos kilómetros del cabo

En Punta Arenas, con la ayuda de la colonia británica residente, contrató la goleta *Emma*, de setenta toneladas. Esta fue la tercera nave con la que intentó un nuevo viaje de rescate. La *Emma* zarpó desde Punta Arenas el mediodía del 16 de julio, llevando a Shackleton, Worsley y Crean. En la primera parte de su viaje, fue escoltada y remolcada por la *Yelcho*, para ahorrar combustible y aumentar la distancia que podía recorrer la nave.

La goleta *Emma* tampoco tuvo éxito en su misión. Al acercarse a la isla Elefante, encontró una gran cantidad de témpanos, entre los que resultaba cada vez más difícil maniobrar. No pudo evitar algunos choques y, en su obstinada lucha, la nave resultó averiada por el hielo, que finalmente la detuvo. Además, tuvo que soportar el temporal más fuerte que Shackleton había conocido en toda su carrera de navegante y explorador, con lo que regresó a Punta Arenas.

* * *

Shackleton recordó que en puerto Stanley había conocido al vicealmirante chileno don Joaquín Muñoz Hurtado, que era director general de la Armada de Chile. Recurrió a él escribiéndole un telegrama urgente. El almirante dispuso inmediatamente que el comandante en

---

de Froward. Antes de la apertura del Canal de Panamá en 1914, fue el principal puerto en la ruta de navegación entre los océanos Pacífico y Atlántico, ya que pasaba por el estrecho de Magallanes.

jefe del Apostadero Naval de Magallanes proporcionara un buque a Shackleton.

En esa fecha, solo se encontraban en Punta Arenas dos de los cuatro rompehielos con que contaba el Apostadero Naval: la *Yáñez* y la *Yelcho*. Aun cuando ambas naves eran absolutamente inapropiadas para llevar a cabo una empresa de esa importancia en invierno, se optó por la que parecía más robusta, la Yelcho.[63]

–Es una nave relativamente vieja –dijo el comodoro del muelle a Shackleton–. No ha sido revisada desde hace, por lo menos, un año. No tiene calefacción, alumbrado eléctrico ni radio, y tiene las bordas muy bajas.

–Es perfecta –le respondió este dándole una palmada en el hombro–. En cuanto a lo de la calefacción y el alumbrado, no se preocupe. Hemos estado así un par de años allí abajo, en los hielos.

El hombre lo miró como si viera al orondo y respetable presidente de su país disfrazado de *majorette* paseando con falda corta por la avenida de las Palmeras. Enviar la *Yelcho* a la Antártida era, simplemente, una audacia. El único atributo que podía exhibir para cumplir su misión era el coraje de su gente.

Considerando lo peligrosa que era la misión, el Apostadero Naval decidió llamar a voluntarios para el buque.

63. Esta era una nave construida en Glasgow en 1906 que había sido adquirida por la compañía Yelcho y Palena en 1908. Tenía un porte de 480 toneladas, con una máquina que la impulsaba a once nudos por hora, gracias a una caldera cilíndrica a carbón.

El primero que se presentó fue el piloto Pardo, que se reunió con Shackleton y los oficiales del Almirantazgo en un despacho frente al puerto.

Pardo era un hombre muy determinado que gustó a Shackleton desde el primer momento. Por la reciedumbre de su expresión y la seguridad de su voz, el mando naval se dio cuenta de que se trataba de un hombre de carácter.

El piloto se impuso con su personalidad. Desplegó en la mesa las cartas de navegación, determinó la ruta y, enseguida, como si ya estuviese aceptado para el puesto de comandante, manifestó:

–Yo escogeré a los hombres que nos acompañarán en la aventura. Trasladaré parte de mi personal de la *Yáñez* a la *Yelcho*.

–Estamos a sus órdenes –dijo Shackleton durante la reunión–. Solo le pido que acelere los trámites tanto como pueda.

Dos días más tarde se reforzó la marinería y reemplazaron a los hombres de la *Yáñez* que voluntariamente quisieron formar parte de la expedición: tres cabos primeros fogoneros y cuatro guardianes primeros, todos chilenos. Agregaron al grupo a un mecánico primero, procedente del pontón. Finalmente embarcaron Shackleton, Worsley y Crean, y todo quedó dispuesto para iniciar otra tentativa de rescate.

El viernes 25 de agosto, a medianoche, la *Yelcho* zarpó desde Punta Arenas hacia la isla Picton, donde se embar-

caron trescientos sacos de carbón, con los que se rellena-
ron las carboneras del buque, y se dejó el resto en cubierta.
En los rostros endurecidos de sus tripulantes se adivinaba
la certidumbre del triunfo.

Dos días después zarparon hacia alta mar, aprovechando
que el tiempo era muy bueno y que el barómetro se mantenía muy alto y firme, lo que anunciaba que se mantendría
estable y seco. Durante el día se navegó a diez nudos constantes, con tiempo inmejorable; el barómetro continuó alto y el
viento soplaba del sur. A unas seis horas del cabo de Hornos,
se encontraron con los primeros grandes témpanos. La noche se presentó estrellada y el horizonte, bastante claro.

El martes 29, la navegación continuaba desarrollándo-
se en las mismas condiciones de tiempo que el día anterior. Tras las observaciones astronómicas del mediodía,
comprobaron que no era necesario alterar el rumbo. A las
cinco de la tarde, cuando empezaba a oscurecer, la nave
entró en una peligrosa zona de neblinas.

–Suelen ser permanentes en esta región –le dijo Pardo
a Shackleton, que estaba a su lado en el puente de guardia–. Aunque corren según la dirección del viento, dejan
siempre algunos minutos de claridad. El horizonte visible
puede llegar a ser de unas pocas millas.

Al día siguiente, los ojos de Shackleton y Worsley, apostados en cubierta buena parte de la mañana, cortaban la

neblina como una navaja para penetrar en el horizonte. Sin
embargo, a medio día de camino de isla Elefante, la pequeña

nave se vio envuelta en una neblina tan espesa, que tuvo que reducir la marcha y seguir navegando a ciegas, con el inminente peligro de ser aplastada por los gigantes de hielo.

Pardo gobernó guiado solamente por su instinto de marino experimentado, aunque no pudo impedir que algunos témpanos abollaran el buque.

–No es cosa de preocuparse por unas planchas más o menos estropeadas –le dijo riendo a Shackleton mientras el rompehielos golpeaba rudamente contra otro pequeño iceberg.

–No –dijo este divertido, viendo el estado del buque mientras se sujetaba a las abrazaderas del puente de mando–; creo que ya importa poco.

La maltrecha *Yelcho* golpeó muchos más témpanos, pero continuó adelante hasta que la niebla se disipó. Entonces se dieron cuenta, con enorme satisfacción, de que la barrera de hielo había retrocedido, dejando libre la ruta hacia el mar de Weddell.

Sin embargo, como en el invierno antártico todo es inseguro, las nieblas envolvieron de nuevo a la embarcación. Por la noche, eran tan espesas y constantes que apenas se veía nada a cien metros. Se encendieron los focos y hubo que disminuir la navegación hasta los tres nudos, establecer una vigilancia especial de varios hombres en cubierta. La temperatura fue bajando continuamente. A medianoche, era de nueve o diez grados bajo cero.

* * *

El miércoles día 30 amaneció de nuevo con niebla. Las condiciones eran las mismas del día anterior, y en esta situación estuvieron hasta las cinco de la mañana. En ese instante la niebla se hizo menos espesa, dejando un horizonte visible de una milla, por lo que nuevamente la nave se puso a toda máquina.

Aunque la *Yelcho* se encontraba en una zona muy peligrosa, tanto por los rompientes y bajos fondos, como por los témpanos y la niebla, Pardo decidió correr el riesgo de continuar navegando en esas desventajosas condiciones, para llegar ese mismo día al campamento de los náufragos.

El barco siguió navegando con extrema precaución y el piloto Pardo pudo, al fin, abordar los hielos que cercaban la isla. Se reforzó la vigilancia en todo el buque para avistar a tiempo los témpanos que, en forma de neblina negruzca y con doble altura, se vislumbraban por la proa y el costado. Doce hombres estaban apostados en las bordas con los ojos fijos en la nada para advertir de la presencia de placas o icebergs.

Primero se toparon con témpanos pequeños y una hora más tarde el buque chocó contra los grandes. Otra hora después, desde el puente de la nave distinguieron los primeros rompientes del extremo norte de la isla Elefante.

Poco más tarde reconocieron las llamadas rocas Lobo, unos pequeños islotes a tan solo dos millas de distancia.

A las doce y media del mediodía, la *Yelcho* llegó frente a la isla Elefante y avanzó hacia la pequeña playa de piedra

oscura y rodeada de grandes témpanos que Worsley señalaba al capitán Pardo.

–¿Allí tiene usted a veintidós hombres? –se extrañó
este.

Shackleton asintió satisfecho.

–Allí.

–Ustedes, los ingleses, son algo especiales, ¿verdad?

–No lo sabe usted bien, mi querido Pardo, no lo sabe
usted bien. Pero yo soy irlandés. Y le aseguró que somos
aún más especiales –se rio.

–Una raza aparte, sí señor –dijo Pardo manejando el
timón de la *Yelcho*.

* * *

Mientras tanto, en la playa del campamento Wild
de isla Elefante, cuatro meses después de la partida del
James Caird, el amanecer de ese 30 de agosto era despe-
jado, frío y muy desapacible, como todos los amaneceres
tras el desembarco. La reserva de alimentos había empezado a disminuir de manera inquietante. Los dos médicos de la expedición que habían operado el pie al polizón
Blackborow estaban muy preocupados, porque al chico se
le había infectado el hueso, de modo que su estado de salud era grave. Desde que llegó a la isla, Blackborow, que
no quería ocasionar más problemas, se había mantenido
dentro de su empapado saco de dormir sin lamentarse.

Unos días antes, Frank Wild había empezado discretamente los preparativos para planear su propia operación de rescate, dando por descontado que Shackleton y los otros habían perecido en el intento.

En ese momento, Wild se estaba sirviendo un *hoosh*, un guiso a base de lapas recogidas en los pozos durante la bajamar, mientras que otros hombres preparaban una sopa de foca. La cocían en el interior del refugio que habían improvisado debajo de los dos botes. Los hombres se apretaban unos contra otros, como habían hecho durante las últimas semanas, para entrar en calor. Su aspecto era indescriptible. Estaban sucios y malolientes, llevaban descuidadas barbas que crecían salvajes en sus rostros huesudos y quemados por el sol. Los trajes que llevaban estaban raídos y las esperanzas, muertas.

De repente, la cabeza de George Marston, el dibujante y pintor de la expedición, se asomó al interior de la tienda. Sus ojos brillaban como los de un loco cuando preguntó a Wild:

–¿No sería buena idea hacer señales de humo?

Wild lo miró temiendo que al artista se le hubieran presentado ya los primeros síntomas de locura.

–¿Para qué? –le interrogó, mirándolo con suspicacia.

–¡Un barco! –chilló Marston.

Antes de que Wild pudiera responderle, se produjo la estampida. Los náufragos cayeron unos encima de otros, debido a que cada cual, en completo desbarajuste

y con sus pocillos de comida en las manos, se abalanzaron al mismo tiempo hacia el boquete que hacía las veces
de entrada. Salieron del refugio pisándose unos a otros.
Las escudillas en las que comían saltaron por los aires
y, en un momento, la pequeña playa se convirtió en un
hervidero de gritos, manos que saludaban con pañuelos,
trapos y todo tipo de sacos y telas. Los hombres pudieron
observar que un misterioso barco se estaba aproximando.
Vieron, asombrados, que en su mástil ondeaba la bandera chilena. El jefe, Shackleton, había sobrevivido, contra
todo pronóstico, y había cumplido su palabra de ir en su
busca.

* * *

La *Yelcho* continuó rodeando la isla, navegando entre
los témpanos, en mitad de la neblina, con un horizonte muy reducido. Todos sus tripulantes vigilaban a proa,
oteando el campamento de los náufragos. Entonces los gritos de los supervivientes del *Endurance* llegaron hasta la
Yelcho y sus marineros vieron que un grupo de náufragos
estaba ubicado en la depresión en la que los habían dejado
cien días antes. A un lado tenían un gran ventisquero y al
otro, unos notables picos nevados, muy característicos de
esa isla.

La grave sirena de la *Yelcho* les devolvió el excitado saludo desde unos doscientos metros de distancia. Los hom-

bres de la playa no lo podían ver pero, en el puente de mando, una silueta escrutaba la pequeña playa con ayuda de unos prismáticos. Era Ernest Shackleton, que contaba a cada uno de sus hombres mientras salían atropelladamente del refugio y saludaban la llegada del barco con los brazos en alto.

–Tres, cinco, siete... trece... –contaba.

A su lado, Crean y Worsley saludaban a sus compañeros, que habían pasado cuatro meses anclados en esa isla a la espera de ser rescatados.

–... diecisiete, diecinueve y... ¡Veintidós! –gritó Shackleton henchido de satisfacción.

No le faltaba ni un solo hombre de los veintisiete que, dos años antes, habían partido con él de Inglaterra en la Expedición Transcontinental Antártica. Incluso vio que Blackborow agitaba su gorro mientras era sujetado por Bakewell y el doctor Macklin.

–¡Están todos! –gritó a Worsley, que lloraba a su lado como un niño–. ¡Todos vivos!

Al acercarse la *Yelcho* al punto señalado, podían oírse las manifestaciones de regocijo y los hurras de los náufragos. A menos de doscientos metros de la costa, el buque arrió una chalupa, la grande, que Pardo mandó a tierra con Shackleton, Crean y cuatro tripulantes chilenos. Entonces los náufragos reconocieron, primero, la figura robusta de su jefe de pie en el bote. Los icebergs que flotaban en sus ojos se habían convertido en dos hogueras de fuego incombustible. Luego reconocieron la figura de Crean; ambos fueron recibidos con un entusiasmo indescriptible, grandes aclamaciones de júbilo y un agitar de trapos de un color indefinible. Shackleton bajó del bote, chapoteando entre las olas, y fue corriendo a chocar la mano con Wild.

–¿Estáis todos bien? –le preguntó.

–Todos bien –le respondió con los ojos húmedos.

Luego abrazó uno a uno a sus hombres, mientras los ayudaba a subir a la chalupa chilena. Ellos lo abrazaban emocionados y con los ojos llorosos, mientras intentaban balbucear palabras de agradecimiento.

–Jefe. ¡Oh, jefe...! Has regresado. Me parece increíble, absolutamente maravilloso...

–Pero, a ver, doctor Macklin... –le respondió Shackleton con un abrazo–, ¿No se lo prometí? ¿Ha olvidado que soy un maldito y tozudo irlandés?

Otros más se abrazaron a él llorando y él intentó consolarlos.

–Ya ha pasado todo, ya ha pasado todo... –les dijo, arropándolos uno a uno como hace una madre–. Ahora, a casa y a beber un buen *brandy* cuando lleguemos a Punta Arenas. Os lo habéis ganado. ¡Vaya si lo habéis hecho!

Cuando llegó el turno de Blackborow, que llegó cojeando apoyado en Bakewell y en el doctor McIlroy, Shackleton lo miró riéndose:

–Vaya, Blackborow, me alegro de que finalmente no hayan faltado provisiones en esta expedición.

–No, jefe –intentó sonreír el demacrado muchacho–. Gracias a Dios, no han hecho filetes de mí.

–Aunque las ganas no han faltado –se rio Bakewell, que lo ayudaba a andar.

El joven polizón abrazó al jefe sin decir nada más y este le echó una mano para subir al bote. A ojos de Shackleton, la imagen era dantesca. Su grupo de hombres había sobrevivido varios meses en ese islote en mitad de un mar bravo e inhóspito, alejado de cualquier ruta marítima. Habían comido pescado crudo; habían cazado focas o pingüinos si estos habían llegado a la isla; habían hecho sopa con lapas y otros pequeños moluscos que habían arrancado de las rocas; habían dormido sobre piedras, con el único amparo de dos barcas rotas que habían hecho de tejado y unas sucias y malolientes tiendas.

Vio cómo uno a uno subía al bote y los ojos se le humedecieron al recordar lo que le había prometido a sir William Stuart dos años antes, al terminar la reunión de la Royal Society: que, sucediera lo que sucediera, podrían sentirse orgullosos de él y de sus hombres.

Al regresar al buque chileno, la chalupa traía a la mitad de la gente y algunos bultos. Al subir a bordo, los náufragos aclamaron a Chile y a su gobierno. El fotógrafo Frank Hurley llevaba entre los brazos los botecitos con las placas y películas que había ocultado en la nieve, como quien lleva un tesoro de valor incalculable. Clark y el doctor Macklin ayudaban a Hudson, que todavía no se había recuperado de sus dolencias en las nalgas, y Bakewell sostenía a Blackborow, que también cojeaba.

Una hora después de haber llegado la *Yelcho* a la isla, toda la tripulación del *Endurance* que se encontraba en la isla Elefante, así como sus pocas pertenencias, estaba embarcada a bordo del rompehielos. Ese mismo mediodía, Frank Worsley, en su camarote y antes de zarpar de regreso a Punta Arenas, hizo su última anotación en el cuaderno de bitácora del *Endurance*:

«2.10. ¡Todo bien! ¡Al fin!
2.15. ¡Adelante a toda máquina!»

* * *

El sábado, día 2, a las seis de la tarde, avistaron el faro Dungenes y Vírgenes. Pusieron rumbo hacia el primero a fin de anunciar su llegada por telégrafo. Sin embargo, cuando estuvieron cerca del faro, vieron que era imposible enviar el bote a tierra debido al fuerte viento y a la mar gruesa, por lo que la *Yelcho* prosiguió su viaje hacia el continente.

El lunes, día 4, a las once y media de la mañana, la *Yelcho* fondeó en Punta Arenas sin novedad. Shackleton, emocionado por la abnegación y valentía sin igual de sus salvadores, el mismo día que atracaron en el puerto chileno, envió al almirante Muñoz Hurtado el siguiente telegrama:

Me es imposible expresarle mis más profundos sentimientos de gratitud por todo lo que ha hecho por nosotros.

Shackleton

El almirante le contestó enseguida por cable:

Sírvase recibir sinceras congratulaciones por el feliz resultado de la empresa, debido enteramente a su constancia y decidido empeño. La Armada chilena ha recibido la noticia del salvamento de los marinos ingleses como si se tratara de nuestra propia gente.

Muñoz Hurtado

Luego siguieron las fiestas, que incluía una cena que las autoridades ofrecieron en el hotel y en la que los comensales hacían que los expedicionarios les firmaran autógrafos en las pecheras de sus trajes de etiqueta. Robins, el dueño del hotel, sacó de las bodegas los mejores champanes y licores, los más selectos habanos para esos compatriotas que habían sufrido lo indecible. Todos los invitados querían agasajarlos y beber a su salud, pues sabían que, a pesar de estar en guerra, lo que habían vivido aquellos hombres pasaría a la historia.

Tras la noche de celebraciones, los brindis con champán y las fotografías que los invitados querían hacerse con el grupo, todos los tripulantes se retiraron a descansar. Robins había puesto a su disposición las suites del Royal Hotel e iban a disfrutar de un colchón y sábanas limpias por primera vez en muchísimos meses.

–Bueno, jefe –se despidió Worsley de Shackleton en el pasillo, antes de entrar en su habitación–. Parece que aquí termina la Expedición Transantártica.

–Bien está lo que bien acaba, Frank –le respondió el jefe con una sonrisa–. Gracias por habernos traído hasta aquí.

Worsley lo miró extrañado, pero no dijo nada. Solo sonrió, metió el llavín en la cerradura de su suite y entró en ella. A solas en su cuarto, el capitán neozelandés pensó que si él había sido la quilla o el casco de ese barco, Shackleton había sido el timón, las velas, las jarcias, los motores, el carbón y el alma de la aventura. El jefe había sido el motivo de que aquella desgraciada expedición hubiera terminado siendo un éxito. Sin él, hubiera resultado un estrepitoso fracaso.

Shackleton entró en su suite arrastrando los pies. Estaba agotado. Había dado todo lo que un ser humano es capaz de dar para salvar a sus hombres. Sin embargo, pensó que los miembros de la Royal Geographical Society en

Londres podrían sentirse orgullosos de los expedicionarios del *Endurance*. No habían cruzado el continente helado, ni la bandera inglesa había colgado en la cima del Polo y quizá nunca lo hiciera. Sin embargo, tenía la satisfacción de que él y sus hombres habían salido triunfantes de uno de los mayores desafíos que el ser humano se había atrevido a emprender sobre la faz de la tierra. Antes de acostarse, en la soledad de su cuarto, Shackleton hizo una última anotación en su diario de la expedición:

«Hemos sufrido, padecido hambre y triunfado; nos hemos humillado y, sin embargo, hemos crecido con la grandeza del todo. Hemos visto a Dios en su esplendor, hemos oído el texto que interpreta la naturaleza. Hemos alcanzado el alma desnuda del hombre».

Esa noche, por primera vez en dos años, desde que la Expedición Imperial Transatlántica zarpara de Inglaterra, sir Ernest logró dormir de un tirón en su cama del hotel. Había convertido una derrota en una victoria gracias a su constancia y a su fortaleza; había hecho honor al lema del escudo de su familia: *By Endurance We Conquer*. No se había rendido.

Epílogo

Al regresar a Inglaterra, sir Ernest Shackleton fue premiado por la Royal Geographical Society con la medalla especial de oro y se le concedió un premio en efectivo de veinte mil libras esterlinas. Varios miembros de su expedición fueron galardonados con modelos semejantes en latón. En 1920, sir Ernest publicó una obra titulada *South, the Story of Shackleton's Last Expedition,* con los diarios de esos dos años. Frank Hurley produjo una película con el material rescatado en la Antártida llamada *In the Grip of Polar Ice.*[64]

---

64. *En el puño del hielo* es una película muda de 81 minutos que se estrenó en 1919 con imágenes reales de la expedición. En 2001, George Butler dirigió un documental titulado *Atrapados en el hielo,* basándose en el célebre libro del mismo título escrito por Caroline Alexander, por el que ganó varios premios internacionales. Este documental destaca por su fuerza narrativa y dramática, conseguida con variadísimos elementos: la voz de Liam Neeson como narrador, las entrevistas a algunos

Pocos años más tarde, en 1921, arruinado, sin empleo y frustrados ya sus sueños, Shackleton partió nuevamente al sur en busca de aventuras. John Q. Rowett, un antiguo amigo y compañero de su colegio en Dulwich, subvencionó esta nueva expedición en el *Quest*,[65] un navío algo desvencijado. No estaba clara la intención de esta expedición, pues los planes iban desde circunnavegar la Antártida, hasta buscar el tesoro del capitán Kidd.[66] No importaba. Lo que le interesaba a sir Ernest era retornar al sur. El 4 de enero de 1922, el *Quest* llegó a Grytviken, en Georgia del Sur. Allí, los balleneros

---

descendientes de los marinos expedicionarios y sus imágenes, y largos fragmentos de la película original y fotografías de Frank Hurley. A esto hay que sumar las espectaculares imágenes realizadas por el equipo actual de filmación desde dos barcos rompehielos que recorrieron la ruta de Shackleton. En 2002, Kenneth Branagh protagonizó una serie de televisión con el título *Shackleton*.

65. A finales de 1920 Shackleton intentó organizar una nueva expedición. El *Quest* zarpó de Londres el 17 de septiembre de 1921, despedido por una multitud entusiasta. A bordo iban muchos integrantes de la Expedición Endurance: Frank Wild, McIlroy, Green, McLeod, Hussey, Macklin, Kerr y Worsley, el capitán. El objetivo científico de la expedición no estaba bien definido; la cuestión era abordar juntos otra aventura. Atracaron en el puerto de Grytviken (Georgia del Sur), el mismo en el que lo habían hecho con el *Endurance*, y esperaron durante un mes a que las condiciones meteorológicas fuesen favorables para partir.

66. William Kidd –más conocido como capitán Kidd– era un acomodado ciudadano de Nueva York que ha pasado a la historia como un pirata legendario. Entre 1696 y 1698, Kidd fortificó su barco con 34 cañones grandes y un centenar de hombres, y se convirtió en el terror de los mares, amasando una fortuna de oro, seda y joyas. Las riquezas que, según las leyendas, guardaba en las bodegas de su barco, el *Adventure Galley*, eran proverbiales. Este fue un galeón poco común, que tenía tanto velas como remos, en una época en la que estaban desapareciendo los navíos de ese tipo. Naufragó en un punto impreciso al sur de las costas africanas.

noruegos recibieron calurosamente a Shackleton, que había llegado con varios compañeros.

Después de un tranquilo día en tierra, el explorador regresó a su barco para cenar, dio las buenas noches a sus amigos, se retiró a su camarote y murió a causa de un infarto masivo. Tenía cuarenta y siete años. Al enterarse de la muerte de su esposo, Emily Shackleton pidió que se le sepultara en la isla.[67] Su cuerpo aún descansa en el cementerio de Georgia del Sur, entre los balleneros noruegos.

Le sucedió en el mando su inseparable Frank Wild, que entonces dio por concluida la aventura. Volvió a su granja en Sudáfrica y murió en Johannesburgo el 19 de agosto de 1939.

El capitán Frank Worsley ingresó en la Marina durante la guerra y capitaneó un barco secreto de la Royal Navy británica. Logró hundir un submarino alemán en una hábil maniobra. Murió en 1943, víctima de un cáncer de pulmón.

Thomas Crean volvió a casa y sirvió también en la Marina durante la Primera Guerra Mundial. Se retiró en 1920, se casó y abrió un pequeño *pub* llamado The South Pole Inn. Crean se mostró durante toda su vida como un

---

67. Shackleton murió la noche del 5 de enero de 1922. Su cuerpo fue enviado a Inglaterra, pero su viuda había solicitado que fuese enterrado en Grytviken. El funeral tuvo lugar allí el 5 de marzo. Él le había escrito años antes a su mujer: «A veces pienso que no sirvo para nada que no sea estar en regiones salvajes e inexploradas con otros hombres».

hombre extremadamente modesto. Cuando volvió a su población, guardó todas sus medallas y no volvió a hablar nunca de sus experiencias en la Antártida. En Georgia del Sur hay un glaciar que lleva su nombre.

Muchos de los otros expedicionarios que acompañaron a Shackleton a la Antártida se alistaron en el ejército para luchar en la Primera Guerra Mundial. Algunos, como McCarthy, murieron en el frente pocas semanas después de regresar del Polo Sur. Otros regresaron del conflicto bélico con vida y pudieron contar a sus nietos la gran aventura que vivieron junto a Shackleton en los mares de la Antártida.

Índice

Lluís Prats

Nació en Terrassa (Barcelona) en 1966. Se licenció en Arte y Arqueología y se dedicó durante unos años a la investigación histórica. Ha trabajado como profesor, como editor y en una productora de cine en Los Ángeles (California). Ha publicado más de una docena de libros y novelas, entre los que destacan *El libro azul* (Bambú, 2007), *Aretes de Esparta* (Pàmies, 2011) o *Cine para educar* (Belacqua 2005). Su obra *Los genios del renacimiento y del Barroco italiano* (Carroggio, 2006) fue galardonada con el premio del Ministerio de Cultura de España.

Pere Ginard

Nació en Mallorca en el año 1974. Hijo de un fotógrafo aventurero, creció y vivió durante muchos años en distintos países de África donde aprendió a dibujar cocodrilos, rinocerontes, cebras, leones y elefantes. Cuando volvió a Europa, decidió instalarse en Barcelona, donde, después de aprender a dibujar coches, calles, gente y edificios, empezó a hacer películas de dibujos animados llenas de rinocerontes que circulan en coche, elefantes que viven en pisos y cocodrilos que toman café.

Descubridores del mundo

Bajo la arena de Egipto
El misterio de Tutankamón
Philippe Nessmann

En la otra punta de la Tierra
La vuelta al mundo de Magallanes
Philippe Nessmann

En busca del río sagrado
Las fuentes del Nilo
Philippe Nessmann

Al límite de nuestras vidas
La conquista del polo
Philippe Nessmann

Al asalto del cielo
La leyenda de la Aeropostal
Philippe Nessmann

Los que soñaban con la Luna
Misión Apolo
Philippe Nessmann

En tierra de indios
El descubrimiento del Lejano Oeste
Philippe Nessmann

Shackleton
Expedición a la Antártida
Lluís Prats

Descubridores científicos

Brahe y Kepler
El misterio de una muerte inesperada
M. Pilar Gil

Bering
En busca de América
Jordi Cortès